A.A. Reichelt
Saisonabsch(l)uss

Wellhöfer Verlag
Ulrich Wellhöfer
Weinbergstraße 26
68259 Mannheim
Tel. 0621/7188167
info@wellhoefer-verlag.de
www.wellhoefer-verlag.de

Lektorat: Bianca Weirauch
Umschlaggestaltung: Michaela Adler
Fotos: © Zerbor / Light Impression / Péter Mács / jan stopka

Satz: FPW Verlagsdienstleistungen
www.fpw-verlagsdienstleistungen.de

Die Erzählung ist frei erfunden. Ähnlichkeiten mit wirklichen Personen oder tatsächlichen Ereignissen sind nicht beabsichtigt und somit rein zufällig.

Das vorliegende Buch einschließlich aller seiner Teile ist urheberrechtlich geschützt. Jede Verwertung ist ohne schriftliche Zustimmung des Verlages unzulässig.

© 2016 Wellhöfer Verlag, Mannheim

ISBN 978-3-95428-198-5

A.A. Reichelt

Saisonabsch(l)uss

Ein Bad Füssing Krimi

Dies ist eine fiktive Geschichte. Personen und Handlung sind frei erfunden. Ähnlichkeiten mit real existierenden Personen, Institutionen oder Gegebenheiten sind zufällig.

Andreas Artur Reichelt (´77)
Therapeut, Dozent und Schriftsteller.
Ich liebe …

… meine Familie …
… die Bibel …
… Kunst …
… Wein …
… klassische Literatur …
… Kreativität jeder Art …
… und nicht zuletzt: Espresso.
Seit 2009 schreibe ich kreativ. Seit 2008 bin ich Familienvater. Schon immer male ich. Manchmal schlafe ich. Zu oft esse ich. Und nie habe ich genug Zeit für alle diese Vorlieben.

Für Karin …

... für Hanna ...

... für Julia ...

... und für die Katz!

Prolog

August 2003

Denen habe ich es so richtig gezeigt.
Für Wochen war ich ganz oben in den Lokalnachrichten.
Sie wussten nicht, wer ich war, sie wussten nicht, warum und wie ich es getan hatte.
Aber alle hatten Angst vor mir.
Früher haben sie mich ausgelacht, haben mich in der Schule drangsaliert. Keiner traute mir mehr als die Umwandlung von Sauerstoff in Kohlendioxid zu. Einst war ich ein Loser. Doch nun …
Jetzt muss ich nur noch für ein paar Jahre untertauchen, den Ball flach halten und alles ist geritzt. Keiner wird mich je kriegen.
Ich habe Terror in meiner Gemeinde verbreitet.
Mit einem einfachen Luftgewehr hatte ich diese Luschen in der Hand. Endlich bin ich jemand.
Der Mann. Der Mythos. Die Legende.
Und wenn ich dort nicht besser behandelt werde, weiß ich jetzt, was ich tun muss.
Aber die Bayern sollten für mich kein Problem sein.

Kapitel I

August 2014

Piep – piep – piep.

Wie er dieses Geräusch hasste.

Piep – piep – piep.

So sehr er sich auch bemühte und den Nachttisch abtastete, er konnte den Wecker nicht finden. Nicht ohne die Augen zu öffnen. Und dazu war er noch nicht fähig. Nicht um 5:30 Uhr.

Piep – klirr – piep – piep.

»Klirr?«

»Das war nicht der Wecker«, dachte er sich. Als er den Wecker gefunden hatte, war es so weit: der erste Versuch, die Augen zu öffnen. Blinzelnd. Verschwommen konnte er das Ausmaß des Schadens erkennen.
Aha – es war die Nachttischlampe; die Betonung lag auf »war«.
Na toll. Wie gut kann ein Tag schon werden, der mit dem Aufstehen beginnt?!

Er war ein Morgenmuffel, das gab er zu. Seit sieben Jahren stand er nun schon so früh auf. Es hatte eine Zeit gegeben, da dachte er, er würde sich eines Tages daran gewöhnen. Vor zwei oder drei Jahren hatte er sich das endgültig aus dem Kopf geschlagen.
Immer öfter kam er nun an den Punkt, wo er darüber nachdachte, nach Bad Füssing zu ziehen. Zu Fuß in die Arbeit … Mittags zum Essen nach Hause …
Aber dann fiel ihm stets die Heimatverbundenheit seiner Frau ein.
Sein größter Schatz. Dass er mit seinen gut vierzig Jahren so eine wunderbare Frau gefunden hatte, war sein größtes Lebensglück. Für sie war er bereit, alles zu tun. Obwohl sie gut 10 Jahre jünger war als er, war sie vergleichsweise konservativ veranlagt.
Doch wenn er ehrlich mit sich selbst war, musste er gestehen, dass er auch nicht von Pfarrkirchen wegwollte. Hier war er aufgewachsen, und hier wollte er auch seine Kinder aufwachsen sehen.
Also würde er weiter früh aufstehen und sich ins Auto setzen.
Tag für Tag, Woche für Woche, Jahr für …
HALT! Nicht schon wieder negativ werden! Ein Kaffee würde helfen. Lebenselixier, Ambrosia, der süße Saft, der Leben weckt.

Seine Frau stand täglich aus freien Stücken mit auf, um das Frühstück zu bereiten. So hatten sie immer noch etwas Zeit für sich – ohne die Kinder – ein guter Start für den Tag. Das war einer der vielen Punkte, warum er seine Frau so sehr liebte.
Und heute hatte er das nötig.
In der Physiotherapiepraxis, in der er als Betriebsleiter angestellt war, gab es drei Dinge, die ihn auf die Palme brachten:
Morgens als erstes gleich eine Wassergymnastik-Gruppe leiten zu müssen, Kollegen, die ihn vor 10 Uhr mit Problemen belasteten, und eben das, was heute der Fall war.
Ein neuer Kollege.
Ein Physiotherapeut aus Preußen. Um genau zu sein, aus Stuttgart, eigentlich also ein Schwabe. Für Niederbayern ist jeder ein Preuße, der kein Bayer ist. Streng genommen sind also auch Amerikaner irgendwie Preußen. Auch wenn es unlogisch klingt, so ist Bayern. Hier ist alles recht klar strukturiert.
Kommt man nicht aus Bayern, ist man Preuße.
Isst man nachmittags Weißwürste, ist man Preuße.
Nennt man Brezensemmeln »Laugenbrötchen«, ist man Preuße.

Läuft man ohne Anlass mit der Lederhose herum, ist man wahrscheinlich sogar Berliner.
Klingt eindimensional, aber damit eben auch bayrisch.
Und dieser neue Kollege würde also nun zu begrüßen sein. Hände schütteln, mit einem von Herzen kommenden »Habe die Ehre!« den Erstkontakt zur bayrischen Kommunikationskultur herstellen und hoffen, dass es zu alledem erst nach 10 Uhr kommen wird. Weil sich zu früheren Uhrzeiten die Kontaktaufnahme eher auf ein »d'Ehre« in Verbindung mit einer nonverbalen Demonstration der Bedienungsfreundlichkeit der Kaffeemaschine beschränken würde.
Seine Frau wusste um die täglichen Unbilden des Morgens. Deshalb nahm sie ihm so viel wie möglich ab. Sie bestückte eine Brotzeitbox, schnitt alles in mundgerechte Stücke und brachte damit Ordnung in das allmorgendliche Procedere. In der Arbeit lachten immer alle, wenn er seine kleinen Karottenstücke aß, aber er hatte auch dazu eine Theorie: Sie hatten ein schlechtes Gewissen, weil sie für ihre Freunde und Männer keine solchen Pakete schnürten. Und sollten sie ihn wirklich auslachen, so war ihm das egal. Er wusste, dass er die beste

Frau der Welt hatte. Woraus er auch nie einen Hehl machte.
Nun sollte heute ein weiterer Mann zu seinem Team stoßen; bisher hatte er nur mit Frauen gearbeitet – Gott sei Dank als Vorgesetzter. Aber ein Neuer in der Belegschaft bedeutete immer eine neue Gruppendynamik. Fügt er sich ein, wie wird er sich integrieren, ist er gut am Patienten …?
All das ging ihm durch den Kopf, als er seine Schuhe anzog und sich startklar machte. Doch nun stand ihm das Schönste an jedem Start in den Tag bevor. Sein Schatz winkte ihm immer noch zu, wenn er aus der Einfahrt fuhr. Das brauchte er. Jedes Mal ging ihm das zu Herzen. Und entließ ihn mit einem Lächeln aus der Geborgenheit des Zuhauses in die kalte Realität.
Tja, manchmal merkte er selbst, dass er wohl ein Weichei war. Hatte man es erst einmal akzeptiert, lebte es sich als Weichei aber auch recht gut.
Eine gute halbe Stunde später bog er in den Parkplatz ein, der zu dem Hotel im Bad Füssinger Zentrum gehörte, in dem er arbeitete. Eigentlich war das Schild ja recht groß: »Personalparkplatz.«
Aber zwei Drittel des Jahres nützte das nichts. Autonummern aus ganz Deutsch-

land sah man da stehen, wo nur sein Toyota stehen sollte.
Und jedes Mal ärgerte er sich. Jedes Mal! Gewinner der heutigen »Park woanders oder fahr auf Felgen heim!«-Verwünschung war ein Kleinwagen aus Stuttgart. Kleinwagen? In unserem 5-Sterne-Hotel?
»Wenn das der Neue ist, braucht ihm die Chefin keinen Spindschlüssel geben!«, war die erste gedankliche Reaktion.
Er parkte woanders, stieg aus und beruhigte sich mit einem kaiserlichen »Schau ma moi!«

Sein Weg vom Parkplatz führte unter einem Strauch hindurch, der ihm nahezu jeden Morgen durch die Haare strich. Und stets dachte er: »Herrgott, zieh halt deinen Kopf ein!« Die nächste halbe Stunde würde er sich nämlich bei jedem Kitzeln am Kopf überlegen, ob es durch einen »Hoizbog«, also eine Zecke, verursacht worden war.
In gebückter Haltung und sich selbst die Haare zerzausend, um eventuelles Ungeziefer herauszuschütteln, ging es also weiter Richtung Praxis. Vorbei am Fenster zum Hallenbad. Die ersten Hotelgäste waren schon im Wasser, obwohl die Beleuchtung

noch gar nicht an war. »Wie kann man im Urlaub freiwillig so früh aufstehen?«
Die nächsten Schritte führten ihn am Friseursalon vorbei. Obwohl die jetzige Frisörin selbstständig arbeitete, musste sie noch nebenbei als Angestellte in einem Haarstudio arbeiten. Sie hatte aber auch erst vor einem Jahr den Betrieb übernommen. Es galt nun, sich einen eigenen Kundenstamm aufzubauen. Das mochte auch der Grund sein, warum er sich ihren Namen noch nicht merken konnte. Ein Jahr ist ja nun wirklich »keine lange Zeit«. Er beschloss, sich heute ein letztes Mal nach ihrem Namen zu erkundigen und dabei das Schmunzeln der Kollegen zu ignorieren.
Als er die Hotelrezeption passierte und damit auch sein Foto auf der Personaltafel, musste er eingestehen, dass Süßstoff statt Zucker im Kaffee wohl nicht schaden würde. Normalerweise rechtfertigte er seinen größer werdenden Bauch mit Sprüchen wie »Wer will schon ein Sixpack, wenn er auch ein Fass haben kann!«, oder »Ich bin nicht übergewichtig, ich bin untergroß!« Aber um die Uhrzeit fehlte dazu noch der Humor. Die Praxis lag im ersten Stock des Hotels.
Ein kleiner Fußmarsch würde nicht schaden, aber der Aufzug wartete bereits mit

offenen Türen auf ihn. Treppensteigen war auf morgen vertagt.
»Auf in die Schlacht!«, dachte er sich, als er an seinem Arbeitsplatz ankam.

Die Praxis betretend, machte er sich erst mal ein Bild der Lage. Die Lichter waren an, der Computer lief auch schon. Die Fangohilfen waren also einsatzbereit.
»Dann schau ma uns den Neuen mal an …«
Er konnte seine Stimme schon von Weitem hören. Kunststück – der einzige andere Mann in der Belegschaft. Und dann passierte das Schlimmste: Der Neue, der Preuße, versuchte bayrisch zu reden. Anscheinend demonstrierte er der Kollegin gerade, dass er »Oachkatzl-schwoaf« geübt hatte, das Kennwort der Bayern.
Nur war eben der Teil falsch, der bei allen falsch war: »Oach«, nicht »Oich«! Und das »ch« passte auch nicht. »Oischkatzl-schwoif???«
»Au weh, des wird ein langer Tag!«
Er betrat den Aufenthaltsraum und versuchte zu lächeln.
»Moing beinand!«
»Morgen!«, war die Antwort.
Und da saß er. Der Neue. Einen Kaffee in der Hand.

»In meinem Haferl …«
»Hallo, du bist also der Neue.« Er stellte sich vor und streckte dem Neuen die Hand hin.
Dieser ergriff sie, lächelte und antwortete: »Jens, hallo.«
»Der Kaffee schmeckt guat aus meinem Haferl, oder?«
»Oh Verzeihung, ich wusste nicht …«
»Passt scho. Gehört dir der Stuttgarter Polo?«
»Ja, wieso?«
»Weilst auf meim Parkplatz stehst. Aber aa des passt am erschten Tag … Lass' da dein Kaffee schmecken, I ziag mi um! Nachat zoag I da oiss.«
»Bitte was?«
»Nachher zeig ich dir alles«, wiederholte er in Hochdeutsch mit bayrischem Akzent. So wie Preußen nicht bayrisch können, so können Bayern kein preußisch. Bei Schwaben sollte es sich angeblich ähnlich verhalten, doch Jens ließ keinerlei Akzent erkennen.
»Ach so, danke, die Kreszenz war schon so frei.«
Kreszenz war eine seiner Fangohilfen. Eine ältere Dame, mit der ihn ein mütterlich-freundschaftliches Gefühl verband. Bei der Erwähnung ihres Namens lächelte sie dem

Neuen zu. »Namen kann er sich also schon mal besser merken als ich.« Eigentlich war es ja die Aufgabe des Betriebsleiters, neues Personal herumzuführen, aber er mochte das sowieso nicht.
»Basst scho«, war deshalb die einzig richtige Antwort darauf.
»Jens heißt der Neue ... merk dir's aufs erste Mal«, versuchte er, es sich selbst gedanklich einzuhämmern.
Namen waren einfach nicht seine Sache. Manchmal hatte er Patienten schon mehrmals behandelt, aber wenn er dann deren Namen auf seinem Arbeitsplan las, konnte er sich einfach nicht an das dazugehörige Gesicht erinnern. In solchen Fällen hatte er sich schon oft blamiert. Einmal saßen drei Herren im Wartezimmer in verschiedenen Ecken und er wusste einfach nicht, in welche Richtung er sich beim Aufrufen wenden sollte. Seine Entscheidung war damals falsch. Der echte Adressat erhob sich hinter ihm mit einem vorwurfsvollen »Ich bin das aber!«
Oder damals, als seine Chefin aus einer Notsituation heraus zwei Therapeutinnen eingestellt hatte. Zwei Kolleginnen waren gleichzeitig in froher Erwartung – natürlich kam es völlig überraschend, dass sie ir-

gendwann in Mutterschutz gingen. Durch diese »überraschende Arbeitsunfähigkeit« war es auch bedingt, dass sie spät abends eingestellt wurden und am nächsten Morgen ohne Vorwarnung in der Praxis standen. Ein begünstigender Faktor könnte natürlich auch gewesen sein, dass die Chefin die Praxis nur nebenbei betrieb. Tagsüber leitete sie als Betriebswirtin einen mittelständischen Betrieb für Metallbau. Als alleinstehende Unternehmerin hatte sie nur spätabends Zeit für die Praxis, die sie in einem 5-Sterne-Hotel in Bad Füssing eröffnet hatte.

Die Namen der damals neu eingestellten Kollegen waren jedenfalls Birte und Birgit. Sein erster Gedanke war damals »Will mich die Chefin jetzt fertig machen? Da können sie ja auch komplett gleich heißen.« Und in der Tat, er kriegte die Namen nie auf die Reihe.

Aber diesmal würde alles anders werden. Er hatte seine volle Konzentration auf Jörg gerichtet … »Jens!!! Oder? Nein, ganz sicher: Jens. Puhh!«

Nun war es also an der Zeit, sich den Terminplan etwas genauer zu Gemüte zu führen. An und für sich lag ein recht entspannter Tag vor ihm. Nur etwas mehr als acht

Stunden am Patienten – dem durch Jens erhöhten Personalstamm sei Dank. Und auch sonst recht abwechslungsreich: Massagen, Lymphdrainagen (oder wie er selbst immer sagte »Lymphdrüsenmaschasen« – das konnte nämlich kaum einer auf Anhieb genauso falsch nachsprechen) und diverse Wellnessanwendungen.
Das sollte doch zu schaffen sein.
Und so war es auch. Als er am Abend nach Hause kam, war er gut gelaunt und freute sich, den ersten Tag der Woche geschafft zu haben.

Kapitel II

Es war bereits fast dunkel in Bad Füssing. Obwohl es Europas größtes Kurbad war, kehrte gegen Sonnenuntergang eine gewisse Ruhe ein. Das geschäftige Treiben der Kurgäste und Urlauber, die unentwegt durch die beiden Kurparks und über die Kurallee fegten, setzte für ein paar Stunden aus. Nicht aus Erschöpfung, nicht aus Zeitmangel, nein, es waren edlere Gründe, die für die abendliche Leere sorgten; kulinarische Gründe, um genau zu sein.

All jene, die in Kliniken und Sanatorien verpflegt wurden, saßen nun mit ihren Zimmernachbarn und Leidensgenossen vor ihren Tellern. Die glücklichen Gäste in den gehobenen Hotels huschten entweder zwischen Buffet und Tisch hin und her oder beobachteten die Kellner beim Auftischen immer neuer Gaumengenüsse. So manch einer hatte sich wohl auch ein Appartement gemietet und saß jetzt in einem der zahllosen Gasthäuser, um sich an der bayrischen Küche zu erfreuen.

Kulinarisch hatte die Region im Allgemeinen und Bad Füssing im Speziellen so

einiges zu bieten. Zwei Dinge sind diesbezüglich in Bayern von besonderem Interesse: die bayrische Braukunst und die deftige Küche. Schweinshaxe mit Sauerkraut, Schweinebraten, Pichelsteiner Eintopf, Würschtl ...
So manch einen Gast, der vom Kurarzt auf Diät gesetzt wurde, konnte man tagsüber in einer Metzgerei mit einer ganzen Schweinshaxe kämpfen sehen.
»Vom Essen kann's nicht kommen.«
Ja, klar.
Nur einer schien nicht von dieser Völlerei erfasst worden zu sein. Ein einzelner Mann schlich gebückt durch den Kurpark. Er hatte eine längliche Tasche dabei und schien sich ständig nach jemand umzusehen, obwohl sich niemand in Sichtweite befand.
Seine Kleidung war dunkel, die Kapuze seines Pullis hatte er tief ins Gesicht gezogen. Der Anblick allein war schon beunruhigend.
Er bewegte sich bis zu einem Holzturm, von dem aus man einen schönen Blick über den Kurpark und die neu gebaute vierte Therme hatte. Kein Wunder, war er ja zur Beobachtung der lokalen Flora und Fauna erbaut worden. Aber dieser Ausblick war wohl nicht sein Ziel, da es ja bereits recht dunkel

war. Nur eines war noch gut zu erkennen: die von unten beleuchteten Außenbecken des Thermalbades.

Vor allem die Badegäste im kreisrunden Strömungskanal konnte man hervorragend sehen. Manche ließen sich einfach nur vom Wasser treiben; das war wohl der Grund, warum dieses Becken von den Einheimischen humorvoll als »Rentnerkarussell« tituliert wurde, wobei man die normalen Becken »Rentnertümpel« nannte. Andere Gäste standen in kleineren Nischen und beobachteten die Vorbeitreibenden mit etwa der gleichen Gemütsregung, wie Angler vorbeischwimmende Enten betrachten: Eine willkommene Abwechslung, aber die eigenen Gedanken wurden davon nicht maßgeblich gestört.

Gerlinde Stadler war eine dieser stummen Beobachterinnen. Mal verglich sie die eigene Figur mit der einer anderen Dame ihres Alters. Mal echauffierte sie sich über ein Paar, das Zärtlichkeiten von dieser besonderen Art austauschte, die nur unverheiratete Kurschatten in der Öffentlichkeit wagten.

Plötzlich aber wurde sie jäh unterbrochen von einem stechenden Schmerz in der Schulter. Als sie hinfasste, bemerkte sie Blut. Irgendetwas hatte sie getroffen. Sie

hatte nichts gehört, und es stand auch niemand nah genug, um sie zu berühren. Mit schmerzverzerrtem Gesicht untersuchte sie ihre Schulter genauer und fand eine Wunde von drei bis vier Millimeter Durchmesser.
Die ersten Ausrufe des Schreckens brachen um sie herum los – in ein Wasserbecken tropfendes Blut hatte schon bei geringeren Mengen etwas sehr Schockierendes.
Das war Gerlinde Stadler zu viel; langsam begann sich die Welt um sie herum zu drehen; Stimmen klangen immer fremder, immer weiter weg. Als ein anderer Badegast zu Hilfe eilte und sie stützte, merkte sie davon bereits nichts mehr, sie hatte ihr Bewusstsein verloren.

Auf der circa 50 Meter entfernten Holzplattform packte eine dunkle Gestalt schnell ein Luftgewehr Kaliber 4,5 Millimeter in eine dafür vorgesehene Tasche und spurtete die Treppe hinab.
Lautlos verschwand sie in der Dunkelheit.
Dieser Abend sollte in Bad Füssing weniger ruhig als gewohnt ablaufen.
Sirenen, Polizeipatrouillen, ja sogar ein Suchhubschrauber der nächstgelegenen Inspektion der Kriminalpolizei in Passau kamen zum Einsatz.

Doch es konnten keine Verdächtigen ausgemacht werden.

Ein Gewaltverbrechen in Bad Füssing – keiner der beteiligten Polizeibeamten konnte sich erinnern, dass es so etwas hier schon einmal gegeben hätte.

Kapitel III

Piep – piep – piep.

»Es kann doch nicht sein, dass die Nacht schon wieder vorbei ist!«

Piep – piep – piep.

»Mensch, wo ist denn der bluats Wecker?«
Der Nachttisch war leer. Anscheinend hatte er den Wecker nachts wieder einmal hinuntergestoßen. Normalerweise wäre das kein Problem, aber seit gestern hatte er keine Nachttischlampe mehr.
Er wälzte sich aus dem Bett und tastete mit Händen und Füßen.

Piep – piep – piep.

Das Signal wurde mit jedem »Piep« lauter und unangenehmer. Eigentlich war das ja der Zweck dieser Gerätschaft, aber nun war es genug. Ab einer gewissen Dezibelzahl stellte sich morgens Panik ein. Er beugte sich auf den Boden und fühlte unter das Bett – da war er.
»Ahhh, tut das gut«, genoss er die Ruhe, nachdem er den passenden Knopf gefunden hatte.

»So ein Stress schon in aller Herrgottsfrüh«, ging es ihm durch den Kopf.
Eines musste man dem morgendlichen Kraftakt lassen: Wach war er jetzt wie selten um diese Zeit.

Und, man mochte es kaum glauben, alles ging auch im Anschluss viel leichter von der Hand. Frühstück, Zähneputzen, Haarstyling …
Er gab es zwar nicht gerne zu – auch wenn heute kein Wochenende war, so fühlte er sich pudelwohl.
Selbst der Weg in die Arbeit war ein Genuss.
Als er so auf der B 388 Richtung Bad Füssing an den Rottauen entlangfuhr, fiel ihm zum ersten Mal seit gefühlten Jahrzehnten auf, dass dieser Fluss unheimlich idyllisch sein konnte. Die Bäume am Ufer hingen halb über die Wasseroberfläche, als ob sie den aufsteigenden Dunst inhalieren wollten. Eine Ente schien die Atmosphäre genauso zu genießen wie er; sie schwamm wie in Zeitlupe mit der Strömung. Auch wenn es aus dem Auto heraus nicht zu beurteilen war, hätte er doch schwören können, dass es da draußen kein störendes Geräusch zu hören gab.

Wie sehr er sich jetzt wünschte, mit der Angel am Ufer zu sitzen und einfach nur die Natur auf sich wirken zu lassen. Aber dies würde wohl nie wahr werden. Ihm fehlte das Chromosom, Tiere zu töten. Das hatte nichts mit einem Dasein als Vegetarier oder gar als Veganer zu tun. Nein, er aß für sein Leben gern Fisch und Fleisch. Er konnte nur kein Tier umbringen, das brachte er nicht übers Herz.

Tiere beobachten, das war sein Metier. Sie streicheln oder mit ihnen spielen. Wie konnte es nur Menschen geben, die sie töteten.

»Würden wir alle Tiere, die wir essen möchten, selbst schlachten müssen, gäbe es wahrscheinlich viel mehr Vegetarier.«

Darüber sinnierend lenkte er seinen Toyota auf den Hotelparkplatz.

Ja, es war ein guter Tag. Sein Parkplatz war frei.

Der Terminplan stellte sich als brauchbar heraus, und auch sonst schien der Arbeitstag nur Gutes zu bringen.

Bis etwas passierte, was ihm den Appetit verdarb. Etwas, das genau genommen nicht unwichtiger hätte sein können. Und doch war es seltsam.

Es ging dabei um seinen neuen Kollegen Jens.

Die meisten Physiotherapiepraxen in Bad Füssing waren so ausgestattet, dass die einzelnen Behandlungsräume nur durch Vorhänge voneinander getrennt waren. Hier aber war alles etwas luxuriöser gestaltet. Es gab richtige Räume mit soliden Wänden bis zur Decke und ganz normalen Türen. Dadurch wurde einerseits die Privatsphäre des Patienten geachtet und andererseits herrschte mehr Ruhe für die Therapeuten, was dabei half, sich auf seine Arbeit zu konzentrieren. Eine Vollklimatisierung war natürlich auch vorhanden.

Jens hatte seine Tür nicht ganz geschlossen. Er sah seiner Patientin dabei zu, wie sie sich auf die Therapieliege quälte. Man musste schon zugeben, dass es ihr nicht nur aufgrund ihres hohen Alters schwerfiel, nein, es lag wohl eher am stattlichen Gewicht der Dame. Aber das war kein Grund dafür, einen solch verächtlichen Gesichtsausdruck aufzulegen, mit dem Jens ihre Bemühungen beobachtete. Er schien regelrecht angewidert zu sein. Ohne zu helfen, überließ er sie ihrem Schicksal.

Natürlich konnte er nicht wissen, dass just in diesem Moment sein Vorgesetzter an der einen Spalt geöffneten Tür vorbeiging und ihn beobachtete. Rein zufällig.

Und dieser mochte nicht, was er sah. Denn er hatte einen sehr ausgeprägten Sinn für Nächstenliebe und eine ganz eng gefasste Berufsethik.
Er war aus Überzeugung in diesem Beruf. Genau genommen hatte er dafür sogar einiges geopfert. Denn als erste Laufbahn hatte er den Beamtendienst eingeschlagen. Vor ihm hätte also eine extrem entspannte Karriere gelegen (und nur Beamte wussten, wie entspannt wirklich), die in eine frühe und trotzdem abgesicherte Pension gemündet hätte.
Aber das war nichts für ihn. Er fühlte sich stets wie ein Parasit, der der finanziellen Gesundheit seiner Mitbürger durch sein Dasein Schaden zufügte. Damit konnte und wollte er sich nicht abfinden.
Sein Selbstkonzept ließ das nicht zu.
Menschen zu helfen, das war es, was er tun wollte. Verantwortung für das Wohlbefinden seiner Patienten übernehmen. Sie beraten, ihnen beistehen. Und das konnte er auch am besten.
Aus dieser Gesinnung heraus hatte er seit jeher Probleme mit Kollegen, die dieses Maß an Überzeugung nicht ihr Eigen nennen konnten. Er mochte sie nicht. Und er konnte das auch nicht verbergen. Deshalb geriet er mit ihnen auch immer aneinander.

Seit einigen Jahren war dies etwas unkomplizierter; er selbst machte dafür seinen eigenen Reifungsprozess verantwortlich. In Wirklichkeit war es aber eher auf seine Stellung als Leiter zurückzuführen.
Man widerspricht dem Vorgesetzten nun doch nicht so gern, und das ist auch gut so.
Als er nun diese abwertende Verhaltensweise seines Kollegen sah, kam ihm schon die Galle hoch.
Aber da er in der Vergangenheit bei der Interpretation von Beobachtungen bereits so manches Mal falsch gelegen hatte, entschied er sich für das erste »Hupen«, wie er es nannte.
Den Begriff hatte er aus der Kriegsmarine, oder eher aus Marinefilmen. Erst werden die finsteren Gesellen auf feindlichen Schiffen »angehupt«. Seine Version dessen war zu zeigen: »Ich bin da und hab's gesehen!« Aus diesem Zielgedanken heraus ging er demonstrativ zur Tür des Kollegen, schaute ihn emotionslos an (so empfand es leider meist nur er; seine Frau sagte dann oft: »Schau hoit net so finster!«) und schloss die Tür, ohne den Blick vom Kollegen abzuwenden.
»Angehupt« also …
Die nächsten Schritte, die bei Bedarf folgen würden, standen in seiner eigenen kleinen Marinewelt auch schon fest.

Wenn jemand nicht reagierte, kam als nächstes das »Anfunken«. Er sprach den jeweiligen Kollegen dann mit einem Standardsatz an: »Komm doch mal bitte um [Zeit frei wählbar] zu mir in den Behandlungsraum.«
In diesem puristischen, ja geradezu existenzialistischen Satz steckten zwei wohldurchdachte Strategien.

Erstens: Der Betroffene sollte ruhig ein paar Stunden Zeit haben, darüber zu grübeln, was er wohl falsch gemacht hatte. Vielleicht entdeckte dieser dabei noch so einige weitere Dinge, die es abzustellen galt. So etwas war zuweilen recht heilsam.

Zweitens: Der Ort. Eines Therapeuten Behandlungsraum ist sein eigenes Refugium. Im Raum des Vorgesetzten wurde man vom selbstbewussten Fachmann zum Schuljungen, der zum Direktor zitiert wird.

Sollte auch das nicht fruchten, gab es den »Schuss vor den Bug«. Das war eine Sache, die er sehr hasste. Die Chefin informieren, damit diese ein weiteres Gespräch mit dem Störenfried führte. Dies führte manchmal dazu, dass eine ganze Zeit lang dicke Luft

herrschte. Früher hatte er diesen Schritt so sehr gescheut, dass er ihn oft viel zu spät veranlasste. Aber immer, wenn ihm seine Chefin dann die Frage stellte: »Haben Sie davon gewusst? Warum erfahre ich erst jetzt davon?«, kam er sich selbst wie ein Schuljunge vor, der einen Freund hatte abschreiben lassen und jetzt selbst eine »6« in Händen hielt.
Die letzte Möglichkeit war dann ein »Schuss durch den Bug«. Die Kündigung. Diese Option hatte er erst einmal ziehen müssen.
Immer wenn ein Schuss nötig war – vor oder durch den Bug – hatte er sofort und lang anhaltend ein schlechtes Gewissen. Leute anschwärzen war nicht sein Geschmack. Egal was sie getan hatten. Dies führte auch regelmäßig dazu, dass er die Leitung des Betriebes abgeben wollte.
Bisher hatte er es aber nie getan.
Eigentlich wollte er jetzt über diese Maßnahmen der Menschenführung nicht mehr weiter nachdenken und beschloss deshalb, sich etwas Erheiterndem zuzuwenden.
Was konnte dazu schon besser geeignet sein, als vor der nächsten Behandlung etwas zu essen. Also holte er aus seinem Brotzeitlager die Packung Vollkornbutterkekse, die immer vorrätig sein musste.

Er machte sich ein Haferl Kaffee – das war unverzichtbar bei Butterkeksen. Dann nahm er immer drei Kekse auf einmal, tunkte sie in die Tasse und genoss dann das warme, weiche, saftige Gefühl auf der Zunge. Keine manierliche Art zu essen – so sorgte er für immer ausreichend Kaffeeflecken auf seiner weißen Arbeitskleidung.

Während er also seinen eigenen kleinen Alltagsgenüssen frönte, betrat Kreszenz den Aufenthaltsraum, in dem auch der Paraffin-Fangoofen untergebracht war. Direkt neben der Eckbank.
»Dich sieht man immer nur essen …«
Er hatte zu seiner Fangohilfe ein fast schon freundschaftliches Verhältnis. Obwohl sie vom Alter her locker seine Mutter hätte sein können. Deshalb nahm er ihr solche Kommentare auch nicht übel. Zumal er sie meist nicht zum ersten Mal hörte.
Seine Antwort kam wie aus der Pistole geschossen:
»Du hast ja keine Ahnung, wie viel man essen muss, um diese gute Figur zu halten.«
»Ja, ich seh's schon … «
Plötzlich wurde sie ganz ernst: »Hast das von der vierten Therme schon gehört?«
»Was denn?«

»Da hat einer auf d' Nacht auf eine Frau mit dem Luftgewehr geschossen.«
»Echt? Und haben sie ihn scho?«
»Anscheinend nicht. Ich hab vorhin Guatl[1] gekauft; da laufen alle paar Meter Polizisten rum. In Füssing ... wenn es so weitergeht, kriegen wir noch einen Terroranschlag.«
Sie lachte, weil es im Nachhinein doch recht absurd klang. Doch lustig fanden sie die Sache eigentlich beide nicht.
Ohne bemerkt zu werden, hatte sich der Neue mit in den Raum begeben. Nur um sich einen zweiten Fehltritt zu erlauben.
»Bei dem Alter unserer Gäste ist das kein Terror, sondern Sterbehilfe«, sagte er mit schwäbischem Tonfall, nur um dann sofort loszuprusten.
Sein Vorgesetzter sah ihn an. Ernst. Sehr ernst. Das merkte man daran, dass er schnell mit den Augen zu zwinkern begann. Seine Freunde wussten das zu deuten. Es war eine mimische Eigenheit, die irgendwo zwischen »Spinnt der?!« und »Jetzt pass mal auf, du ... « anzusiedeln war. In jedem Fall war es kein gutes Zeichen.
»I geh lieber«, flüsterte Kreszenz und verließ mit einer Fangoplatte in der Hand den Raum.

---
1 Bonbons

Eine Sekunde später ging auch Jens. Ohne ein Wort und ohne Lachen.
»Der braucht mal eine Gnackwatschn[2]. Vielleicht ist er ja nur übermotiviert, weil er neu ist ...«, hoffte er gedanklich, als er seine Tasse leerte.

Der Rest des Tages verlief tatsächlich so angenehm, wie es der Terminplan am Morgen versprochen hatte.
Als er abends zu Hause ankam, erwartete ihn sogar noch ein besonderes Schmankerl.
Sein Schatz hatte »Gickerl« gemacht, wie Brathähnchen in Niederbayern genannt werden. In Oberbayern bevorzugte man den Begriff »Brathendl«. Ihm war die genaue Terminologie egal, solange das dazugehörige Federvieh nach dem grandiosen Rezept seiner Frau zubereitet war. Dazu gab es stets Blaukraut und Kartoffelknödel.
Und hinterher saftiges Sodbrennen.
Er hatte schon des Öfteren darüber nachgedacht, ob sein Magen wohl vom Weißbier oder vom Gickerl so irritiert wurde. Da aber ein Verzicht in beiden Bereichen nicht verhandelbar war, wurden weitere Spekulationen überflüssig.

---

2 Schlag mit der flachen Hand ins Genick

Das Abendessen genoss er immer besonders. Mit seiner Frau und seinen Töchtern zusammen zu sein, war für ihn der gerechte Lohn für die Mühen des Alltags. Bis die Kleinen ins Bett mussten, gehörte er auch ganz ihnen.
Manchen Familienvätern fiel dies schwer. Ihm nicht.
Es waren diese ganz besonderen Momente, die ihn dann über Tage erfreuten.
Spielen, die Kleine konnte vielleicht ein neues Wort, ein Bussi oder eine Umarmung für den Papa … Wie hatte er vor der Geburt seiner Töchter nur ohne das alles leben können? Wenn er sie dann ins Bett brachte, mit ihnen betete und ihnen noch etwas vorsang …
Das war das Leben.

Er hatte auch immer wechselnde Fotos seiner Lieben in seinem Behandlungsraum stehen. Tatsächlich hatte er sich sogar schon einmal dabei ertappt, dass er während einer Behandlung mit dem Foto zu reden begann; so sehr war er manchmal gedanklich zu Hause.
»Hallo, Schnecki!«, hatte er gesagt.
Mehr oder weniger überzeugend konnte er es damals als Witz tarnen, aber in Wirklichkeit war es unabsichtlich.

Ja, manchmal beneidete er seine Frau, die bei den Kindern zu Hause bleiben konnte. Für ihn war es unbegreiflich, dass manche freiwillig in den Beruf zurückwollen.

Waren die Kinder dann im Bett, kam die Zweisamkeit mit seiner Frau als Höhepunkt.

Er liebte es, wenn sie ihm von all den Kleinigkeiten erzählte, die sie und die Kinder erlebt hatten, auch wenn es ihn traurig machte, nicht dabei gewesen zu sein.

Manchmal wirkte es so, als würde er nicht zuhören. Aber den ganzen Tag den Patienten ausgesetzt zu sein, störte nun mal die Aufnahmefähigkeit.

Außerdem wirkte die Stimme seiner Frau unglaublich beruhigend. Am liebsten hätte er gesagt »Auch wenn's so ausschaut, als ob ich eingeschlafen bin, hör nicht auf zu reden!« und damit eine Pauschalredeerlaubnis ausgesprochen.

Mit diesen Dingen konnte meist auch ein ganz schlimmer Tag ein gutes Ende finden.

Und so war es auch heute.

Gegen 21:20 Uhr ruhte die ganze Familie im Reich der Träume.

Für ein paar Stunden kehrte Ruhe ein, wenn es aufgrund des zweiten Weißbieres am Abend auch nachts einige Unterbrechungen gab.

Kapitel IV

Auch in Bad Füssing war es Nacht geworden. Es war Neumond.
Von Zeit zu Zeit sah man vereinzelte Gäste mit einem Hund durch die beleuchteten Randbereiche der Parks flanieren – mit kurzen Pausen, die der Hund forderte, um entweder zu schnüffeln oder eben eine Schnüffelgrundlage für einen anderen Vertreter seiner Gattung zu legen.
Hätte man sich lange genug an einer Stelle aufgehalten, wäre nur eines aufgefallen: Die Polizeistreifen fuhren aufgrund der nächtlichen Aufregung des Vortages heute häufiger durch die Straßen als sonst.
Nicht oft genug, wie sich noch herausstellen sollte.

In einem der Parks gab es eine ringsherum von Sträuchern verdeckte Lichtung, in deren Mitte eine Art Brunnen mit Bänken am Rand angelegt war. Tagsüber wirkte es dort recht idyllisch, weil der Ort von keiner Seite aus einsehbar war. Doch nun, des Nachts, kam niemand auf die Idee, sich dort hineinzubegeben. Denn diese Lichtung war gänzlich ohne Beleuchtung.
Nur einem kam diese Dunkelheit gelegen.

Einem Menschen, der so finster wie die Nacht gekleidet war. Er saß nicht auf einer der Bänke, sondern kauerte im umgebenden Gebüsch. Nicht, dass er dort seine Notdurft verrichtete. Nein, vielmehr schien er zu warten.

Ruhig, flach atmend und ohne die geringste Bewegung fixierte er einen Punkt am Radweg.

Und er tat das mit einem Auge durch ein Zielfernrohr hindurch.

Dem unvoreingenommenen Beobachter wäre dies wie die Vorbereitung zu einer Kampfhandlung in einem Kriegsgebiet erschienen – mit einer leicht unheimlichen Komponente vielleicht, aber auf keinen Fall wie etwas, was sich in einem Kurort ereignete.

Die Atmung des auf der Lauer Liegenden beschleunigte sich.

Man nahm kaum eine Bewegung wahr. Nur sein Finger zuckte leicht. Es gab einen metallisch klingenden Schlag.

Gleichzeitig hörte man vom Radweg her einen Schrei, gefolgt vom Geräusch eines Fahrradsturzes.

Der Schütze packte sein Luftgewehr mit einer beeindruckenden Geschwindigkeit in eine dafür vorgesehene Tasche, sprang auf

und spurtete nach hinten durch den Park. Er überquerte eine kleine Wiese, vorbei an einer Basketball-Anlage, und verschwand zwischen einigen Bäumen.
Stille.
Erst nach circa einer halben Minute folgte ein leises Ächzen.
Zehn Minuten später erschienen die ersten Fahrzeuge mit Blaulicht.
Es würde wieder eine lange Nacht für alle Einsatzkräfte werden.

Kapitel V

Als er die Augen an diesem Morgen öffnete, war etwas anders. Kein »Piep – piep«.
»Hoffentlich ist es noch nicht Zeit zum Aufstehen«, dachte er sich mit den ersten einsatzbereiten Gehirnzellen.
Erst mal einen Blick auf die Uhrzeit riskieren. 5:25 Uhr.
Vor dem Wecker aufgewacht.
»Sehr gut.«
So leise es mit seinen knackenden Gelenken ging, schlich er sich aus dem Schlafzimmer. Wenn seine Frau nicht aufwachte, würde sie noch liegen bleiben.
Und das hatte sie sich wirklich verdient.

Der Weg in die Küche konnte ohne Geräusche gemeistert werden. Doch nun ging es daran, Kaffee zu machen.
»Wieso sind die modernen Kaffeemaschinen eigentlich so laut!?«
Padmaschinen waren nun mal etwas geräuschintensiver. Dafür entstand durch den hohen Druck beim Durchfluss des Wassers auch mehr Aroma. Aber scheinbar hatte seine Frau den Lärm des kleinen Kompressors nicht gehört.
Sehr gut. Dann konnte es ja weitergehen.

Wenn seine Frau nicht mit aufstand, hatte das einen erheblichen Nachteil: Die Qualität der Brotzeit litt darunter.
Seine Frau schmierte die Brote mit viel Liebe: Butter, Wurst, Käse, Mayonnaise und Salat. Alles in einem Sandwich. Wenn er es selbst machte, gab es eine Scheibe Käse zwischen zwei Scheiben weichen Toast. Kein Ersatz, aber ging schnell. Und so richtig würde er sich erst mittags in der Arbeit darüber ärgern.
Dann war er bereit zur Abfahrt.
»Mist! Weiße Arbeitsklamotten vergessen!«
Und die waren im Schrank. Im Schlafzimmer. Gleich neben dem Kopfkissen seiner Frau.
Und damit stand fest, dass sie doch nicht würde weiterschlafen können.
Es kam, wie es kommen musste: Sein Schatz wachte auf.
»Schlaf weiter … «, flüsterte er.
»Nein, ich muss eh aufstehen. Ich muss noch das Bad putzen, bevor die Kinder aufwachen.«
»Jetzt hab ich umsonst keine gescheite Brotzeit«, ärgerte er sich, war aber gleichzeitig froh, dies nicht laut gedacht zu haben.
Mit einem Abschiedskuss ging er, eine weiße Hose und ein weißes Shirt unterm Arm,

aus dem Schlafzimmer und trat den Arbeitsweg an.

Im Auto entschied er sich dafür, Radio zu hören. Auf seinem Arbeitsweg hatte dies so seine Tücken. Von Pfarrkirchen aus waren es 25 Kilometer nach Österreich, von Bad Füssing nur drei Kilometer. Das führte dazu, dass unterwegs mal die deutschen Sender nicht störungsfrei liefen und mal die österreichischen.
Aber man musste ja erfahren, was in der Welt vor sich ging. Und Radionachrichten hatten dazu den perfekten Umfang.
Nun galt es also nur noch, die nervtötende Werbungspause vor der aktuellen Berichterstattung zu ertragen.
»Die Werbefachleute haben doch einen IQ von 5, und eine Kartoffel braucht schon 10 zum Wachsen!«, kam er nicht umhin zu denken.
Doch dann ging es los.
Politik, Wirtschaft, Sport ... Lokales.
»In Bad Füssing kam es heute Nacht zu einem erneuten Gewaltverbrechen. Ein Unbekannter schoss auf eine Radfahrerin und verletzte sie dabei schwer. Noch fehlen jegliche Spuren, aber die Kriminalpolizei ist vor Ort und hat die Ermittlungen aufgenommen.«

Es traf ihn wie ein Schlag ins Gesicht.
»Scho wieder. Ja spinn ich! In Bad Füssing …«
Würde es sich auf die Gästezahlen auswirken? War vielleicht sogar eine Patientin aus seinem Betrieb die Geschädigte? Wer machte denn so was?
Viele Fragen, keine Antworten.

Als er in Bad Füssing ankam und durch den Ort fuhr, ertappte er sich dabei, hinter jedem Busch einen versteckten Schurken zu vermuten.
Selbst auf dem Parkplatz galt seine Hauptsorge nicht der Parkposition, wo die Tür des Nebenfahrzeuges keine Delle in den Toyota machen konnte. Vielmehr versuchte er unbewusst, die Umgebung im Auge zu behalten.
Es schien ihm nicht allein so zu gehen; vom Ortsanfang bis zum Hotel fuhr er an mindestens drei Polizeipatrouillen vorbei. Ein komisches Bild war es schon. Alle paar hundert Meter zwei Polizisten, teilweise sogar mit Suchhund. Fast schon wie in einem schlechten Hollywood-Film. Irgendwie passte all das nicht nach Bad Füssing.
Das Schlimmste an dem Ganzen waren die Gespräche, die ihn heute erwarteten.
Jeder Patient würde ihn darauf ansprechen.

»Haben Sie schon von dem Attentat gehört?«
»Gab es so was schon mal hier?«
»Sind Sie auch so beunruhigt wie wir?«
»Fehlt nur noch, dass einer das der al-Qaida in die Schuhe schiebt«, dachte er mit einem halben Schmunzeln. Aber wir sind ja hier nicht in Amerika. Dort würde man wahrscheinlich schon überlegen, in welches Land man einmarschieren muss, um die »Hintermänner« zu erledigen.
So extrem war man hier nicht, aber thematisiert wurde Terrorismus doch.
Als er die Praxis betrat, drehte sich schon der erste Satz, den er hörte, um die Ereignisse der vergangenen Nacht.
»Hast es schon mitgekriegt?«
Kreszenz hatte ein Faible für Neuigkeiten. Vor allem für solche, die nicht oder nur teilweise stimmten.
»Ja, habe es im Radio gehört.«
»Nein! Kapitalfehler!« Eigentlich wollte er sich morgens nicht auf solch eine Erörterung einlassen. Doch nun war die Lawine losgetreten.
Jetzt kam auch noch der Neue, Jens, dazu.
»Mein Nachbar ist bei der Kriminalpolizei in Passau. Der hat gesagt, dass die jetzt verstärkt patrouillieren. Der Täter hat zwar nur

ein Luftgewehr verwendet, aber die Frau von letzter Nacht ist mit dem Rad so unglücklich gestürzt, dass sie auf der Intensivstation liegt. Sie nennen ihn intern ›Schütze von Bad Füssing‹.« Damit begann eine Aufzählung aller Maßnahmen der »Kriminaler«, um den Täter dingfest zu machen.
Es wirkte etwas unpassend, dass dieser vermeintliche Top-Ermittler alle Vorgehensweisen an seinen Nachbarn weitergab.
»Wenn uns die Ehepartner unserer Patienten nach deren Gesundheitszustand fragen, dürfen wir nichts sagen. Haben die Polizisten keine Schweigepflicht?«, war ein unausweichlicher Gedanke.
»Der mit seim Preußisch, jetzt denk ich auch schon hochdeutsch!«, wunderte und ärgerte er sich stante pede über sich selbst.
Es war ein Problem, wenn Kollegen zu früher Stunde schon nervten.
»Wenn dein Nachbar ein Kriminaler ist, glaub ich nicht, dass er dir Kaschperl sagt, wie sie vorgehen!«
Für den »Kasper« würde er sich entschuldigen, wenn er nicht mehr so genervt war.
So endete das erste »Waschweibertreffen«, wie er es nannte, wenn die Belegschaft zusammenstand und vermeintliche Neuigkeiten austauschte.

Er gestand es sich ja nicht gern ein, aber auch er stellte sich gern dazu und »tat einen Ratsch«, wie man das in Bayern nannte. Nur eben nicht um diese Uhrzeit.

Als erste Amtshandlung ging er deshalb in seinen Behandlungsraum und schloss die Tür hinter sich.
Und schon war sein steter Begleiter nach unangenehmen morgendlichen Gesprächen da: ein schlechtes Gewissen, in diesem Falle wegen seiner brüsken Art, das Thema zu beenden.
In solch einem Falle half nur Routine; also zog er seine normale Kleidung aus und schlüpfte in die weiße Jogginghose und das weiße Shirt mit Praxislogo. Es war, als würde er eine Persönlichkeit aus- und eine andere anziehen. Inkognito war er mehr er selbst, aber das Weiß seiner Dienstkleidung machte ihn freundlicher, verständnisvoller, ja sogar ein wenig selbstbewusster.
Jetzt war er nicht mehr ein Mann mittleren Alters, sondern der ambitionierte Therapeut, der sich einfühlsam den Problemen anderer widmete.
»Vielleicht sollte ich die Klamotten immer anhaben«, dachte er sich, mit dem gerade aus ihm herausgeplatzten Fauxpas im Hinterkopf.

Letztes Detail der Verwandlung war das Abnehmen der Armbanduhr aus Gründen der Verletzungsgefahr.

»Öha!«, entfuhr es ihm, als er merkte, dass er schon seit zwei Minuten am ersten Patienten arbeiten sollte.

Ein Blick auf den Arbeitsplan enthüllte sogar besondere Dringlichkeit; Frau Gerneder war keine sehr umgängliche Dame. Eile war geboten.

»Hast du es eilig, so gehe langsam«, hatte er vor Kurzem im Radio gehört.

»Die kennen meine Patienten nicht!«

Heute schien Frau Gerneder ganz umgänglich zu sein. Schon beim Betreten des Behandlungsraumes fiel ihm etwas auf. Sie wirkte zerfahren. Suchte vergeblich den Kleiderhaken für ihren Bademantel. Und legte sich verkehrt herum auf die Liege.

»Bitte Kopf Richtung Fenster, Frau Gerneder. Hab ich heute nicht dazugsagt, gell. 'tschuldigung.«

Sie drehte sich um. Der Kopf war immer noch am Fußende, nur dass sie jetzt auf dem Rücken lag – für eine Rückenmassage eben ganz falsch.

»Ich kann Ihnen auch den Bauch massieren, aber da fehlt nix ... Kleiner Spaß. Kopf Richtung Fenster auf den Bauch, bitte«, er-

klärte er erneut, mit einem freundlichen Lächeln im Gesicht.
Morgens waren die älteren Hotelgäste manchmal etwas verwirrt.
Wahrscheinlich lag es an der veränderten Umgebung oder am Essen. Viele waren auch nervös, wenn sie sich vor einem jungen Mann ausziehen sollten. Völlig unbegründet zwar, aber doch auch nachvollziehbar.
Als sie sich in die vermeintlich richtige Position begab, war er aber doch etwas besorgt. Nun lag sie zwar prinzipiell richtig, nur standen die Beine ab Mitte der Oberschenkel über den unteren Rand der Liege hinaus ins Freie.
»Frau Gerneder, gehen S' doch bitte noch mal runter.«
Als sie stand, versuchte er es mit einer anderen Erklärung und setzte dabei auf visuelle Hilfestellung.
Auf den Nasenschlitz zeigend sagte er: »Da muss die Nase nei, Frau Gerneder.«
Und jetzt passierte etwas, was er sein Leben lang nicht vergessen würde.
Frau Gerneder stellte sich neben das Kopfteil und steckte im Stehen ihre Nase in die dafür vorgesehene Öffnung.
Das war zu viel.

Alter und Morgenstunde hin, Sorge um die Patientin her; es gab kein Halten mehr, er musste lachen.
Sehr zum Leidwesen seines Gegenübers.
»Tut mir leid, Frau Gerneder, aber das hat so lustig ausgschaut. Wirklich. Entschuldigen S', aber …«
»Oh, ist mir das jetzt peinlich. Entschuldigen Sie, ich bin leider heute etwas durcheinander … So was … «
»Braucht Ihnen nicht peinlich sein. Kann passieren. Mir ist es unangenehm, dass ich gelacht hab. 'tschuldigung noch mal.«
»Keine Sorge, da hätte ich auch lachen müssen.«
»Eigentlich ist sie echt nett. Weil ich mich auch nicht zusammenreißen kann!«, bemerkte er und ärgerte sich über sich selbst.
»Wissen Sie, meine Zimmerkollegin ist gestern Abend angeschossen worden. Zwar nur mit einem Luftgewehr, aber sie ist dadurch schwer mit dem Rad gestürzt und liegt jetzt im Krankenhaus.«
Jetzt bedauerte er seinen Mangel an Selbstbeherrschung erst so richtig.
»Ihre Zimmerkollegin war das? Tut mir sehr leid. Ich habe es schon im Radio gehört. Ach wissen S' was? Den Termin verschieben wir auf nachmittags, wenn es Ih-

nen besser geht. Und jetzt trinken wir erst mal einen Kaffee miteinander. Dann schaut die Welt gleich anders aus.«
»Das ist vielleicht besser.«
»Ich mach Ihnen einen hier bei uns in der Praxis, dann können wir uns noch a bisserl unterhalten.«
Je länger er mit seinen Patienten sprach, desto mehr rutschte er ins Hochdeutsche ab.
Wenn er manchmal nach einem langen Tag zu Hause anrief und auf den Anrufbeantworter sprach, erschrak er direkt, weil er so nach der Schrift redete. Sobald er zu Hause war, verlor sich das aber meist recht schnell. Die Tassen waren rasch gefüllt und beide setzten sich auf die Massagebank.
»Wo ist es denn passiert?«
»Am Kurpark. Wo der Spielplatz und die kleine Wasseranlage sind. Da geht ein Radweg vorbei.«
»Kenn ich. Da ist auch ein kleiner Basketballplatz, auf dem ich manchmal spiele.«
»War schon ein echter Schock. Wissen Sie, wir kommen hierher, um uns zu erholen. Und dann so was. Der Urlaub ist im Eimer. Und abreisen können wir auch nicht, weil meine Begleiterin im Krankenhaus liegt.«
»Wie geht's ihr denn?«

»Eigentlich ganz gut. Sie liegt zwar auf der Intensivstation, aber nur zur Vorsicht. Falls sie eine Gefäßverletzung im Gehirn hat, damit man halt gleich etwas machen kann. Aber so geht es ihr schon wieder einigermaßen.«

»Freut mich. Schon komisch. Da schießt einer mit einem Gewehr rum, einfach so. Und das in Bad Füssing. I hab zwar schon immer gesagt: ›Die Welt ist ein Irrenhaus und hier ist die Zen-trale!‹, aber dass es so was gibt!«

»Ja, vielleicht wird der Täter bald erwischt.«

»Hoffen wir es!«

»Vielen Dank für Ihr Verständnis. Ich geh' dann mal zum Frühstück. Ich möchte nämlich möglichst bald ins Krankenhaus fahren und nach meiner Freundin sehen.«

»Gern geschehen. Und 'tschuldigung nochmal, dass ich gelacht hab. Den Termin für heut Nachmittag kriegen S' dann an der Rezeption. Sagen S' doch einen schönen Gruß unbekannterweise an Ihre Freundin. Wiederschaun.«

»Gern, bis heute Nachmittag dann.«

Am Ende seines Arbeitstages hatte er nur noch einen Wunsch. Ein paar Körbe werfen. Sich abreagieren. In weiser Voraussicht

hatte er immer eine Sporttasche mit seiner Basketballausrüstung im Kofferraum.
Die Jogginghose war schnell durch Shorts ersetzt, die Sandalen mussten seinen Basketball-Boots weichen.

Erschöpft vom langen Tag trat er seinen Weg zum kleinen Streetballplatz im Kurpark an.
Zu Fuß. So konnte er etwas von der Urlaubsatmosphäre tanken. Bad Füssing bot davon reichlich. Die Abendsonne schien auf die stattlichen Bäume, die entlang der Straßen gepflanzt waren, wie ein Ehrenkommando des Militärs, das einem Kameraden Spalier steht.
Es war förmlich spürbar, dass sich hier alles um Entspannung drehte. Oder wie es das entsprechende englische Wort viel besser beschreibt: »Recreation«, »Wiedererschaffung«.
Schlendernd passierte er die Wasserlaube und den Spielplatz. Erneut kam der Gedanke an die schrecklichen Ereignisse des letzten Abends hoch. Bald aber wurden sie durch die Vorfreude auf den Streetballplatz verdrängt, der nun in Sichtweite kam.
Kein Mensch weit und breit.
»Nur ich, der Platz und der Ball.«

Ein mit Testosteron geschriebener Traum sportbegeisterter Männer. Schon kamen Erinnerungen an seine Zeit im Pfarrkirchner Basketballverein in ihm hoch.
Eine tolle Zeit. Überhaupt war er in seiner eigenen Erinnerung ein weit besserer Spielmacher gewesen als in der Erinnerung seiner Mannschaftskollegen. Aber das war egal. Es waren ja seine eigenen Gedanken, die Kraft gaben. Nicht die der anderen.
Er legte los.
Mal spielte er sich durch die Beine, mal spurtete er zum Korb, nur um dann wieder dem Ball nachzuhecheln.
Für Außenstehende mochte es nicht besonders ästhetisch wirken, für ihn war er Michael Jordan zu seiner besten Zeit.
Nach etwa drei Minuten war er so außer Atem, dass er eine Pause brauchte.
»Ich muss abnehmen! Ich schnauf wie ein Walross…«
Die Realität holte jeden irgendwann ein.
Nach einem kräftigen Schluck aus seiner Wasserflasche ging es weiter. Er spielte gegen einen fiktiven Gegner. Drehung rechts, Schuss mit links. Körpertäuschung links, Zug zum Korbleger. Immer wieder übte er Bewegungsmuster, die er früher einstudiert hatte.

Von Zeit zu Zeit blieben Spaziergänger stehen und schauten ihm zu.
Das war sein Publikum. Seine Arena. Verglichen mit den Kurgästen fühlte er sich jung und sportlich.

Als er gerade wieder zu einer Dribbelfinte ansetzte, sah er jemanden aus dem Augenwinkel, der ihm unterbewusst bekannt vorkam. Es dauerte einen Moment, bis es an die Oberfläche drang.
Das war doch sein Kollege, der da gerade aus der Wasseranlage zwischen den Sträuchern hervortrat.
Ein erneuter Blick bestätigte sein Gefühl.
»Das ist ja der Jörg ... Jens, mein ich.«
Sollte er ihn rufen oder ihm winken?
Ein ungutes Gefühl machte sich breit. Er hatte vergessen, sich für den »Kaschperl« zu entschuldigen.
Lieber nicht winken also.
Plötzlich fiel ihm aus der Entfernung ein Detail auf.
Jens trug eine längliche Tasche. Er kannte solche Taschen von zwei Freunden, die geradezu fanatische Anhänger des Paintball-Sports waren. Was man daran finden konnte, mit einem Gewehr, das Farbkugeln verschoss, Krieg zu spielen, blieb ihm

seit jeher schleierhaft. »Krieg spielen« war ohnehin eine Wortkombination, die getrost aus diesem Universum verbannt werden sollte. Gleiches galt natürlich für das Wort »Krieg« auch ohne weitere Beifügungen.
Aber jenen beiden Freunden hatte er es zu verdanken, dass er wusste, wie eine Gewehrtasche geschnitten war.
»Hab gar nicht gewusst, dass Füssing einen Paintball-Platz hat.«
Moment. Gewehr?
Von einer Sekunde auf die andere brach ein wahres Gedankenchaos in seinem Kopf aus.
»Und wenn das ein Luftgewehr ist? Wo rennt denn der hin? Der wohnt doch in der andern Richtung. Ach, warum sollte der Jens Patienten anschießen? Und wenn doch?«
Ihm wurde richtig schwindelig davon.
Das musste erst einmal verarbeitet werden.
Spräche er ihn jetzt an, dann würde es entweder brenzlig werden oder er machte sich zum Idioten.
Folgte er ihm heimlich und würde von ihm ertappt, könnte es sehr peinlich werden.
Er könnte eine Polizeistreife ansprechen.

»Den ganzen Tag sieht man sie durch die Gegend laufen, aber wenn man sie braucht, sind's nicht da.«
Mittlerweile war Jens schon fast außer Sichtweite.
»Ich muss schauen, wo der hingeht.«
Der Ball war schnell in die Sporttasche gepackt und los ging es. Die Distanz verringerte sich zügig.
Der Weg führte sie quer durch den Park.
Die Sonne stand schon tief am Himmel. Schlagartig wirkte der Park kühler. Und dunkler. Vor allem aber unheimlicher. Selbst die Schatten der Bäume wirkten jetzt länger.
»Jetzt bloß nicht zu nah kommen!«
Es galt, den Anschluss nicht zu verlieren, ohne dabei bemerkt zu werden.
Was hätte er jetzt für einen Knopf im Ohr gegeben, wie ihn die Agenten in den amerikanischen Filmen hatten. Sprechkontakt mit der bewaffneten Verstärkung in einem Lieferwagen am Rande des Parks.
Aber hier in Bayern hatten wahrscheinlich nicht einmal die Kripo-Beamten so eine Ausrüstung.
Und die Physiotherapeuten sowieso nicht. Ganz zu schweigen von seinem Handy, das im Auto lag.

Eigentlich wusste er auch gar nicht, warum er ihn verfolgte.
Sollte Jens irgendwo in die Büsche kriechen, würde er ihm ganz sicher nicht hinterherschleichen.
Jens war einen Kopf größer. Und wenn er tatsächlich ein Verbrecher war, dann war er wohl auch kein Weichei.
»Memento mori«, kam ihm der einst verhasste Lateinunterricht in den Sinn. Gedenke des Todes …
Außerdem bestand die Möglichkeit, dass er einfach nur auf die Toilette musste. Und wenn er ihn dann beim Verrichten seines Geschäftes ertappte, hatte er bestenfalls einen »Wildpinkler« überführt. Und definitiv war er nicht bereit, den sich dabei bietenden Anblick zu ertragen.
»Was schleiche ich dem Kaschperl eigentlich nach?« Mit einem Ruck blieb er stehen. »Ich schau zu viel Fernsehn! Jetzt halt ich schon meine Kollegen für Verbrecher.«
Schlagartig kam er sich dumm vor.
Sofort blickte er sich um, ob ihn jemand gesehen hatte. Jetzt war er es, der sich ertappt fühlte.
Er versuchte, so unauffällig wie möglich zu wirken.

Ein Liedchen pfeifend, trat er den Rückweg an.
»Ein schlechter Schauspieler bin ich auch noch! Ich pfeife sonst nie!«
Ihm fiel ein Satz ein, den er einmal gelesen hatte:
»Nichts steht der Natürlichkeit mehr im Wege als die Absicht, natürlich zu erscheinen.«
Wenn er sich recht entsann, stammte er von einem französischen Denker namens La Rochefoucauld.
Wie es aussah, war vom Besuch des humanistischen Gymnasiums so einiges hängen geblieben. Philosophie und klassische Literatur waren seit jeher seine Interessen.
Warum er in dieser Situation darüber nachdachte, war ihm schleierhaft. Gedankensprünge waren wohl die Taktfrequenz seines Prozessors im Gehirn.
Seine Frau bestätigte ihm das oft.
Aber dadurch grübelte er auch nicht mehr über seinen Kollegen nach.
»Da hab ich mich ja wieder mal zum Affen gemacht!«

Eins war klar: Er würde niemandem davon erzählen. Solange er es selbst merkte, dass er paranoid wurde, war es wenigstens noch nicht zu schlimm um ihn bestellt, fand er.

Die Schatten der Bäume wirkten nun recht angenehm. Das lag wohl daran, dass der Rückweg Richtung Sonnenuntergang führte und die Sonnenbrille neben dem Handy im Auto lag. Die Atmosphäre im Park hatte auch den bedrohlichen Charakter wieder verloren. Sie war zu gewohnter Beschaulichkeit zurückgekehrt. Gott sei Dank
Auf dem Heimweg hatte er plötzlich eine Idee, warum er so unausgeglichen reagiert hatte. Er war einfach nur überarbeitet. Trotzdem wollte es ihm nicht aus dem Kopf gehen.
»Warum schleicht der Hamperer mit einem Gewehr durch die Gegend. Normal ist das doch auch nicht …«

Als er zu Hause ankam, hatte er nur zwei Dinge im Kopf: Essen und Sofa.
Nur genau diese beiden Dinge erwarteten ihn nicht.
Kaum war die Haustür aufgesperrt, hörte er schon das Inferno.
Die Kleine schrie sich die Kehle aus dem Leib. Ein sicheres Zeichen, dass sie am Nachmittag nicht hatte schlafen wollen.

Aufgrund ihrer Müdigkeit flippte sie dann bei jeder Gelegenheit aus. Die größere Tochter war auch nicht an der Tür, um ihn in Empfang zu nehmen.

Als er die Tür vom Vorhaus zum Gang öffnete, kam sein Schatz gerade die Treppe herunter. Noch während er die Schlappen anzog, hob ihm seine Frau mit total entnervtem Gesichtsausdruck die Kleine auf den Arm.
»DEIN KIND!«
»Grüß dich auch!«
»Ich geh kochen!«
Rums!
Küchentür zu. Schreiendes Kind im Arm.
»Okay, dann versuchen wir mal herauszubekommen, was los ist.«
»Na, Süße, wie war dein Tag?«
»Uuuuwuuhhääääää!«
»Ja, meiner auch.«
Anstatt sich auszuruhen, galt es erst einmal, die Tochter zu beruhigen.
Und tatsächlich: Augen reiben, gähnen ...
Sie hatte wohl nicht geschlafen.
Nach einigen Minuten war wieder Ruhe eingekehrt.
Ruhe war eigentlich das falsche Wort. Gab es auf Erden je ein wohltuenderes Geräusch

als das von Dunstabzugshaube und brutzelnden Pfannen?
Kombiniert mit dem Geruch von Schinken und Tomaten ergab es eine Liebkosung der Sinne. Anscheinend befand sich eine Portion Pasta im Schöpfungsakt.
Bayrische Küche war toll, keine Frage. Aber jeden Tag essen kann man nur italienische Pasta.
Eigentlich hätte es auf Erden außer Pasta nichts anderes geben müssen. Mit den richtigen Zutaten und Beilagen konnte man das 365 Tage im Jahr aushalten.
Und Wein, vorzugsweise Rotwein.
Bardolino, Merlot, Montepulciano, Barolo. Schon die Namen schmeckten auf der Zunge nach mehr.
Mit dem verklärten Lächeln, das diese Gedanken auf sein Gesicht zauberten, konnte er es wagen, die Küche zu betreten.
»Na Schatz, geht's wieder?«
»Die hat mich heute wahnsinnig gemacht!«
»Hat's nicht geschlafen?«
»Naa.«
»Und wo ist die Große?«
»Mit der Oma beim Einkaufen. Die Kleine haben sie dagelassen, weil wir gemeint haben, sie würde noch mal schlafen.«
»War wohl nix.«

»Anscheinend nicht, oder!?!«
Ein gutes Stichwort zum Rückzug. Wie er heute im Park schon bemerkt hatte, war er der Typ Mensch, der angesichts einer drohenden Konfrontation mit den Beinen denkt. Ein Feigling vielleicht nicht gerade, aber er ging unangenehmen Gesprächen aus dem Weg. Nicht immer, aber nach einem langen Tag auf jeden Fall.
Eine Stunde später war auch alles wieder in Ordnung. Manche Dinge waren eben immer noch »aussitzbar«.
Beide Kinder wieder am Tisch, die Frau besser gelaunt und der Wanst voll.
So konnte man das Leben genießen.
Und endlich Kraft für den nächsten Tag tanken, anstatt weitere zu verbrauchen.

Kapitel VI

Bad Füssing bot nachts einen besonderen Anblick. Die Straßen wurden beinahe allesamt von stattlichen Bäumen eingesäumt, unter deren Kronen die Straßenlaternen standen. Dem Passanten, der den Blick auf den Boden gerichtet hielt – sei es aus einer alkoholinduzierten Gangunsicherheit oder aus einer Grübelei heraus – entging etwas sehr Schönes: der Anblick von unten beleuchteter Baumkronen.
Es hatte etwas Märchenhaftes.
Man konnte fast meinen, jeden Moment müsste Shakespeares Puck erscheinen und seinen wunderschönen Schlussmonolog an den zufälligen Zuschauer richten. Es war ein echter Sommernachtstraum.

Nur eine Gestalt schien sich hierfür nicht begeistern zu können.
Nicht Puck, nicht Oberon.
Zwischen zwei geparkten Autos versteckte sie sich und beobachtete die Menschen, die von den Tanzveranstaltungen der großen Lokalitäten am Ort zurückkehrten. Sie kamen meist zu Fuß. Bayrisches Bier hatte entgegen der Vermutung meist einen höheren Alkoholgehalt als andere Biere. Und die

Wege waren kurz genug, um also nicht den Führerschein aufs Spiel zu setzen.
Ein Paar erreichte gerade das gegenüber liegende Hotel.
Hier galt es, die Nebentür zur Lobby mit dem Zimmerschlüssel zu öffnen.
Der Mann, der ja gemäß Knigge immer als Erster in den Raum hineingeht, stand bereits im Innenraum, als er seiner Frau die Tür aufhielt. Sich zu ihr umwendend, erschrak er.
Blut strömte ihr ins Gesicht. Sich den Hinterkopf haltend, taumelte sie in die Lobby.
Die Hilferufe drangen zuerst noch auf die Straße, verstummten aber, als die Tür zufiel.
Am Parkplatz war niemand mehr zu sehen.
Er hatte wieder zugeschlagen.

Kapitel VII

Er hatte sich zwischen zwei Ölfässern verschanzt.
Von vorne kam ein Trupp Gedankenpolizisten auf ihn zu. Von hinten war es Big Brother, der mit einem Maschinengewehr auf ihn zielte.
Es gab nur einen Ausweg.
Eine Seite freischießen und dann zurückziehen.
Er überprüfte sein Magazin – voll.
Sie würden unter seinem Kugelhagel fallen.
Gefangenschaft kam nicht infrage.
Niemals würde Big Brother auch nur auf einen Meter an ihn herankommen.
Mit einem Salto sprang er heraus, zielte und drückte ab. PIEP!
Was war das?
Er drückte nochmal ab. PIEP!
NEIN! Er hatte keine echte Waffe, sie war aus Gummi.

PIEP! Sie kamen immer näher.

»Schalt halt endlich den Wecker aus! Schaaatz!«

Piep – piep – piep.

»Was? ... Ach so ... Mensch, hab ich heute wieder einen Schmarrn geträumt.«
Irgendwie hatte er das Signal seines Weckers in den Traum integriert.
»So schnell lese ich vor dem Zubettgehen keine George-Orwell-Bücher mehr! Ich habe die halbe Geschichte erlebt.«
»Das kommt vom Bier auf d' Nacht. Dann muss man pinkeln und träumt schlecht.«

Da war was dran. Aber mit Verlusten musste man rechnen. Manchmal war es nun mal an der Zeit, Prioritäten zu setzen. Und wenn dazu ein schlechter Traum nötig war, dann war das wohl so eine Situation, wo ein Mann tun muss, was ein Mann eben tun muss.
Es gab viele Beispiele für so etwas.
Man konnte im Beisein anderer nicht husten, wenn man einen 80-prozentigen Schnaps trank. Das ging nur, wenn man allein war. Alles andere wäre peinlich.
Man konnte nicht eine halbe Peperoni übriglassen, wenn sie zu scharf war. Sodbrennen hin oder her.
Und einen Satz wie »Ich kann um die Zeit kein Bier mehr trinken, weil ich sonst schlecht träume« würde über seine Lippen nie kommen.
Jetzt erst mal aufstehen und ...

Tja, wie recht sie hatte. Er musste tatsächlich dringendst auf die Toilette.
Der Beweis: Männer sind inneren Zwängen ausgeliefert und Frauen haben recht.
Zumindest seine Frau. Aber wahrscheinlich alle.
»Hängt wohl mit dem zweiten X-Chromosom zusammen.«
Aber auch dies verhielt sich ähnlich wie mit dem Umstand, dass er ein Weichei war; hat man es akzeptiert, lebt es sich ganz gut damit.
Nur doof fand er es trotzdem.
Und wie recht seine Frau in diesem Fall sogar hatte, wurde ihm erst so richtig bewusst, als er auf dem Weg zur Arbeit in einem Waldstück halten musste, um den Rest des Bieres Richtung Grundwasser zu entlassen. Etwas, was ihm Unbehagen bereitete. Denn er hatte schon drei- oder viermal mit der FSME-Impfung begonnen, aber stets den dritten Termin verpasst.
»Ich muss das jetzt endlich mal durchziehen!«
Irgendwie war ihm aber selbst klar, dass es beim Vorsatz bleiben würde.

Sein weiteres Sinnieren über die eigene Unfähigkeit, Dinge wie Impfungen zu Ende zu bringen, wurde jäh durch die Radio-

nachrichten unterbrochen. Genauer gesagt durch zwei Worte: »BAD FÜSSING.«
»Ja samma schon wieder in den Nachrichten?«

»Heute Nacht hat sich in Bad Füssing ein weiteres Verbrechen ereignet. Wieder ist eine Urlauberin von einem Unbekannten angeschossen worden. Hierbei handelt es sich bereits um den dritten Fall innerhalb dieser Woche. Vom Täter fehlt weiterhin jede Spur. Es ist bereits eine Sonderkommission gegründet worden, die unter dem Titel ›SoKo Kurgast‹ ihre Arbeit aufgenommen hat.«

Erst als die Nachricht beendet war, merkte er, dass er die ganze Zeit die Luft angehalten hatte.
»Meine Güte ...«
Sein Blutdruck stieg. Trotz des Fahrgeräusches des Autos hörte er seinen Tinnitus. Das war nur der Fall, wenn der Blutdruck sehr hoch war.
Jeder einzelne Patient würde diese Ereignisse kommentieren. Nun waren es nicht die zu erwartenden Gespräche, die ihn beschäftigten.
Nein, er war selbst aufrichtig schockiert.

In Bayern war die Welt noch in Ordnung gewesen. Bis jetzt.
So etwas wie Hinterhalt und Attentate kannte man hier nur aus dem Fernsehen.
Unweigerlich kam ihm die Frage in den Sinn, ob die ortsansässigen Polizisten damit nicht doch etwas überfordert waren. Er war es zumindest.
Gut, ein Unterschied war schon noch zu erkennen. In Bayern wurde wenigstens noch mit einem Luftgewehr geschossen, aber dennoch ...

Als er in Bad Füssing ankam, wurde er nicht wirklich beruhigt. Ein massives Polizeiaufgebot. Überall Dienstfahrzeuge in weißgrün. Die neuen Polizeifarben waren hier noch nicht angekommen.
»Was soll denn das jetzt?«
Der Weg zum Hotelparkplatz war durch ein Kunststoffband in Gelb versperrt. Vom Auto aus konnte man nicht alles überblicken, aber »Polizei« konnte man auf dem Band lesen. Man hatte tatsächlich seinen Parkplatz abgesperrt. Und ein Polizeiauto stand sogar auf seiner eigenen Parzelle.
»Hab ich mein Handy ausgemacht?«, war der erste Gedanke.

Aber die Staatsbediensteten, die jetzt in Füssing die Regie führten, waren weiß Gott keine Verkehrspolizisten.

Es galt, sich nun eine andere Abstellmöglichkeit für den Toyota zu suchen. Das war in Bad Füssing nicht ganz einfach. Parkplätze waren entweder hoteleigen, kostenpflichtig oder eben zu weit von seinem Hotel entfernt. Die nächste passende Möglichkeit befand sich etwa 500 Meter Richtung Ortsmitte. Früher hatte er dort geparkt, als er noch in einer daneben liegenden kleinen Massagepraxis gearbeitet hatte.

»500 Meter zu Fuß – in Bayern ist das Landstreicherei! Wenn Gott gewollt hätte, dass wir zu Fuß gehen, hätte er uns nicht das Rad erfinden lassen.«

Gedanklicher Kreativität ermangelte es nicht, wenn es darum ging, neue Ausreden für Faulheit zu finden.

Als er das Hotelgrundstück betrat, kam sofort ein übereifriger Staatsbediensteter auf ihn zu.

»Was machen Sie hier?«
»In d' Arbeit gehen!«
»Sie arbeiten also hier?«
»Derweil noch nicht ...«
»Wie darf ich das verstehen?«

»Na, ich komm ja nicht rein, weil mich einer zulabert!«
»Hier hat sich ein Verbrechen ereignet. Ich möchte wissen, wer Sie sind!«
»Das kommt darauf an, wer fragt.«
Mit aufrichtiger Entrüstung zückte der Beamte seinen Dienstausweis der Kriminalpolizei.
Der Kriminalpolizei München, um genau zu sein.
»Ein Oberbayer, hab ich's mir doch gleich gedacht.«
»Jetzt werden Sie mal nicht unverschämt. Sie machen sich mit so einer Verhaltensweise nur verdächtig.«
»Dann würde ich in Zukunft einen niederbayrischen Ausweis herzeigen, sonst kommt Ihnen ein jeder verdächtig vor. Ich bin hier der Leiter der Physiotherapiepraxis.«
»Ach so, dann können Sie natürlich ins Hotel. Bleiben Sie aber außerhalb der abgesperrten Bereiche.«
»Hoffentlich ist meine Kaffeemaschine nicht abgesperrt!«
»Habe d' Ehre!«
»Wir sehen uns bestimmt noch.«

Aus rückwärtiger Perspektive erschien ihm sein Verhalten unangebracht. Der Polizist

konnte ja nicht wissen, dass sein Parkplatz heilig war und vor 10 Uhr kritische Konversation gefährlich werden konnte. Außerdem wollte er sich wirklich nicht verdächtig machen.
Die Praxis betretend, kam bereits die nächste unangenehme Situation auf ihn zu.
Frau Fink, ein Stammgast, schien einen Termin vereinbaren zu wollen. Dabei traf sie seit Jahren weder den richtigen Ton noch die richtige Zeit. Sie war immer schon da, bevor die Praxis aufgeschlossen wurde.
Nicht, dass sie dann freundlich grüßte oder ein paar nette Worte hatte. Nein, sie stand dann vor der Tür und kommentierte alles mit Sätzen wie:
»Na, gehen wir auch schon zur Arbeit?«
»Sonst war immer schon eine Stunde früher jemand da!«
»Machen Sie doch mal schneller!«
Ein Gedanke drang an die Oberfläche:
»Gut, dass ich nicht der Erste war!«
Die erste Amtshandlung eines jeden Tages bestand darin, den eigenen Tagesplan aus einem Stapel herauszusuchen. Da dieser Stapel seit jeher im Aufenthaltsraum lag, also in Hörweite der Rezeption der Praxis, kam er nicht umhin, den Gesprächsverlauf

zwischen Frau Fink und Kreszenz mit anzuhören.

»Ich möchte Freitag früh noch einen Termin bei Ihrem Chef zu einer Ganzkörpermassage.«

»Ich schau mal nach … Da ist leider nichts mehr frei. Ich könnte Ihnen 17:50 Uhr anbieten.«

»Hoffentlich passt das nicht!«

Die Uhrzeit war generell grenzwertig, aber terminiert mit Frau Fink wurde so etwas schnell zum Stimmungs-Supergau.

»Das ist mir zu spät, dann komme ich Samstagvormittag.«

»Da ist diese Woche niemand da. Am Montag ginge noch.«

»Da wollen wir einen Ausflug machen. Also nehme ich doch lieber Freitagvormittag.«

»Da habe ich doch nichts mehr frei.«

»Ach so, gut, dann wird es der Samstag auch tun müssen.«

»Ja, aber Samstag ist doch auch niemand da.«

Es war an der Zeit zu gehen.

Nervige Menschen sind schon übel, aber nervige Menschen, die gleichzeitig dumm waren, machten ihn wahnsinnig. Zu gegebener Zeit würde er sowieso einen Kommentar abgeben müssen.

In seinen Gedanken konnte er es schon hören.
»Ich möchte mit Ihrem Vorgesetzten sprechen!«
Wie er diesen Satz hasste. Fast so sehr wie das Piep-Piep seines Weckers.
Zumal es immer dasselbe war.
Ein Kollege sagte etwas, das dem Patienten nicht passte. Dieser akzeptierte es nicht und wurde unangenehm.
Kam er als Vorgesetzter und sagte das Gleiche, war es plötzlich kein Problem mehr. Er hatte noch nie einen Fall erlebt, bei dem es anders lief. Die Menschen wollten nicht mit dem »Schmiedel« reden, sondern mit dem »Schmied«. Eine weitere Facette der menschlichen Natur, die er nie verstehen würde.
Von einer lauten Äußerung des Missfallens, man könnte es auch Schrei nennen, wurde er aus seinen Gedanken gerissen.
»Jetzt stellen Sie sich nicht so blöd an. Ich möchte mit Ihrem Vorgesetzten sprechen.«
Vor 10 Uhr.
An einem Tag, an dem sein Parkplatz besetzt war.
»Frau Fink.«
»Na bitte, Sie können mir sicher weiterhelfen.«

»Ja, aber vorneweg: Schreien tut hier nur einer: ich. Und ich tu's nicht, weil, wer schreit, hat unrecht. Alle anderen dürfen hier nur schreien, wenn sie in Flammen stehen. Und dann auch nur ein Wort: FEUER!«
Der Satz hatte gesessen. Frau Fink war sprachlos.
Nun war es an der Zeit, versöhnlicher zu klingen.
»Was gibt's denn?
»Na, ich bekomme keinen passenden Termin.«
»Die Kollegin hat Ihnen doch gesagt, wann wir noch Termine frei haben. Passt denn da keiner?«
»Nein, wir wollen Ausflüge machen.«
»Verstehe. Aber wissen Sie, wenn wir keinen Termin mehr frei haben, haben wir keinen frei. Tut mir auch leid. Vielleicht könnten Sie ja den Ausflug verschieben.«
»Ich rede mal mit meinem Mann.«
»Danke. Und wenn bei uns was frei wird, wenn jemand absagt oder so, dann rufen wir Sie an.«
»Sehr gut. Vielen Dank, auf Sie kann man sich verlassen.«
Ein vielsagender Blick seiner Terminplanerin quittierte den Abgang von Frau Fink.

Das war der unangenehmere Teil des Dienstleistungsgewerbes. Mit Urlaubern zu arbeiten, war grundsätzlich zutiefst befriedigend.
Aber ab und an gab es auch schwierige Menschen. Solche, die einem das Leben schwer machten.
Und auch wenn es in Bad Füssing davon ein paar weniger zu geben schien als woanders, so war der Kurort trotzdem nicht gänzlich frei von solchen Problemen.
»Wen hab ich denn jetzt? Hmmm. Jaric oder so.«
Da er schon an der Rezeption und damit im Wartebereich stand, wollte er es einfach mal versuchen.
»Herr Jaric!?!«
Sofort erhob sich ein älterer Herr. Mit einem Gesichtsausdruck, der locker als angstauslösend bezeichnet werden konnte.
Die ausgestreckte Hand des Therapeuten ignorierend, presste er zwischen den Zähnen hervor: »DOKTOR Jaric!«
Auch er stellte sich nun mit Nachnamen vor, dicht gefolgt von einem möglichst freundlich klingenden »Grüß Gott!«
»So mein Junge, wie lautet denn dein Vorname?«
Akademiker hatten oftmals so eine Art, mit anderen Menschen umzugehen, die ihn

stets zur Weißglut brachte. Als wollten sie bewusst ihre Gesprächspartner niedermachen. Arroganz war wohl der rechte Begriff dafür.
Wobei man eine klare Differenzierung vornehmen musste. Richtig arrogant waren nur die »Halbgescheiten«. Solche also, die eigentlich »hoi polloi« angehörten. Den vielen, den Massen, den ganz normalen Leuten eben. Die sich aus dem Proletariat durch Macht oder Geld erhoben, aber intellektuell und vor allem charakterlich diesem Stand nicht entsprachen.
Richtig intelligente und beeindruckende Menschen waren gar nicht so. Manchmal kam man sich in deren Gesellschaft sogar wie eine bessere Version seiner selbst vor. Diese wirklichen Größen machten andere nicht nieder.

Doch zu dieser Gruppe gehörte Dr. Jaric nicht. Wahrscheinlich hatte er einen österreichischen Doktortitel für Jura. Oder irgendeinen anderen, mehr geschenkten als verdienten Titel.
Auf die mit einem Du versehene Frage nach dem Vornamen gab es deshalb nur eine Antwort.
»Herr!«

Ohne das Zögern des Doktors abzuwarten, wandte er sich in Richtung Behandlungsraum.
»Kommen Sie bitte mit.«
Anscheinend hatte das »Gegenfeuer der Arroganz« gewirkt. Von da an war das Gespräch eigentlich ganz annehmbar.
Die ganze Behandlungszeit fand ein reger Gedankenaustausch statt.
»Wie der erste Eindruck täuschen kann!«
Auch der restliche Vormittag war sehr angenehm.
Als er allerdings um 12 Uhr die Brotzeit auspacken wollte, merkte er, dass sie nicht da war.
»Wenn ich die jetzt daheim vergessen hab', dann krieg ich die Krise!«
Es sah so aus, als müsste er erneut den Weg zum Auto auf sich nehmen.
Für ein paar Sekunden stand es sogar auf der Kippe. Was würde siegen: Hunger oder Faulheit?
Die Faulheit ging in der erste Runde k. o.
Wenn er es sich so recht überlegte, hatte der Hunger noch nie verloren. Egal gegen wen.
Was man ihm zugegebenermaßen auch ansehen konnte.
Also spazierte er vorbei an den mützetragenden Ordnungshütern, die von seinen

Steuern bezahlt wurden und nun auf dem Parkplatz und in der Lobby herumstanden.
Als er sein Auto per Fernbedienung aufschloss, bemerkte er, dass das Nebenfahrzeug viel zu nah an seinem Toyota stand. Es war ein VW Polo mit Stuttgarter Kennzeichen.
Jens!
Genau genommen stand er auf der Seite zu nah, auf der auch sein Rucksack mit der Brotzeit lag.
Also galt es, sich von der anderen Seite hinüberzubeugen.
Im Grunde ja nicht so schlimm, aber er hasste es eben, wenn jemand so nah an seinem Auto parkte.
Gegenmaßnahmen mussten ergriffen werden.
»Dir werd I's zoang!«
Am Polo war das Fahrerfenster einen Spalt offen.
Er ging zur Fahrertür, schraubte die Antenne vom Dach und steckte sie fein säuberlich durch den Spalt ins Auto.
So würde Jens beim Näherkommen glauben, die Antenne sei gestohlen worden.
Hoffentlich.
Die Vorfreude zauberte ihm ein Lächeln ins Gesicht.
Für einen Moment zumindest.

Denn was er da auf dem Rücksitz des Kleinwagens sah, erschreckte ihn.
Erneut wurde er mit der vermeintlichen Paintball- oder Luftgewehr-Tasche konfrontiert.
Und da waren wieder seine zwei Freunde von gestern aus dem Kurpark: Schwindel und Gedankenflut.
»Ist der vielleicht wirklich a Verbrecher? Warum fahrt denn der Kaschperl ein Gewehr durch die Gegend? Spinn ich jetzt? Oder geht er einfach nur nach der Arbeit zum Paintballspielen? Sollt ich des vielleicht dem Oberbayern sagen?«
Auf seinem Rückweg fühlte er sich mit jedem Schritt schlechter.

Als er das Hotelgelände betrat, wollte er am liebsten sofort in seinen Behandlungsraum und erst mal etwas nachdenken.
Mit großen Schritten kam sein ganz spezieller Freund von der Kripo auf ihn zu.

»Das war ja so klar!«
»Wo waren Sie?«
»Hab mei Brotzeit g'holt.«
»Darf ich mal in den Rucksack schauen?«
»Das kommt drauf an. Wann ham S' denn 's letzte Mal d' Händ g'waschn?«

»Seien Sie nicht unverschämt. Geben Sie schon her!«
»Wenn S' moanan.«
Der Polizist warf nur einen kurzen Blick hinein und gab ihn dann zurück.
Er wollte wohl nur seine Macht demonstrieren.
»Wissen Sie etwas zu den Ereignissen der letzten Nacht?«
Noch immer verwirrt von dem Gewehr im Auto des Kollegen kam nun wieder seine schlechte Schauspielkunst zutage. Er hatte sich in jüngerer Zeit so oft peinlich benommen, ja geradezu lächerliche Verdächtigungen zu verdrängen gehabt. Und selbst wenn es ihm nicht mehr aus dem Kopf gehen würde, sollte er doch zuerst mit seinem Kollegen sprechen. Denn auch wenn er ihn nicht mochte, war er doch ein Mitglied seines Teams. Semper Fidelis! Auf ewig treu.

»Mann, ich schau mir echt zu viel Militärsendungen an. Ich bin doch kein US Marine!«
Andererseits hatte er bis heute keinerlei Vertrauensverhältnis zu Jens aufbauen können. Eigentlich eher »aufbauen wollen«. Zu groß war die Antipathie.

Während ihm das so durch den Kopf ging, merkte er, dass ihn sein Gegenüber beobachtete.
Anscheinend war seine Pause zu lang.
»Warum zögern Sie? Haben Sie etwas zu verbergen?«
»Ähh ... Naa! I hab halt Hunger.«
»Na, wir werden sehen. Ich denke, wir werden noch ein längeres Gespräch führen. Später. Ich komme auf Sie zurück.«
»Der hat wohl einmal zu oft Columbo geschaut.«
Jetzt war er tatsächlich verdächtig.
Und alles wegen Jens.
»Erst nervt er mit seinem Hochdeutsch. Dann mach ich mich wegen ihm zum Deppen. Die Patienten behandelt er auch nicht richtig. Und jetzt bin i wegen ihm auch noch im Visier der Polizei.«
Der Appetit war ihm nun wirklich vergangen.
Auch die Therapien nach der Mittagspause liefen eher an ihm vorbei. Irgendwie kriegte er seinen Kopf nicht frei.
Vor ihm lag nur noch eine 45-minütige Lymphdrainage.
45 Minuten mit Frau Aigner.
Eine Dreiviertelstunde voller Geschichten, die die Welt nicht braucht.

Aber okay.
Manchmal konnte so eine gepflegte geistige Abwesenheit ganz angenehm sein.
Nach der obligatorischen Begrüßung war der Behandlungsbeginn schnell eingeleitet.
Und los ging es …

»WissenSie,dieBehandlungtutmirrichtiggut.IchmerkedirektywiemirdieFlüssigkeitausdemBeinfließt.DerHerrDoktorhatschongemeint,dassmirdashelfenwird.Schließlichbinichjaprivatversichertundbrauchedeshalbnichtbetteln.EineSchandeistdasmitdemGesundheitswesen.Manmusssichdirektblödankuckenlassen,wennmanbeimArztnichtwartenwill.Schließlichbinichja-Privatpatient.Ichfinde,essolltenübera-

Tja, der »Herr Doktor«.

So ein Mist mit der Polizei, bloß wegen dem Deppen Jens.

llunterschiedliche W artezimmer für Privatpatienten und die anderen eingerichtet werden. Den Ärzten sind Privatpatienten sowieso viel lieber. Da wird mehr dran verdient. Gäbe es nur gesetzlich Versicherte, könnte ein Arzt gar nicht mehr leben. Die sind ja auch so arm dran. Mit all den Überstunden und so. Das Gesundheitswesen geht noch ganz den Bach runter mit all den Ausländern und den neuen Bundesländern. So viel Leute, die Geld worausziehen, wo sie nie eingezahlt haben. Hoffentlich kommen die wirklichen Probleme nicht zu meinen Lebzeiten. Wissen Sie, wie me

Mann, wie kann man nur so viel reden?

Wenn ich jetzt anfange mitzudenken, dann bekomme ich noch mit, worum es geht.

Hmmm ...

inStuhlgesternna
chderBehandlun
gwar?Derwargan
zgelb.Undbreiig.
Sonstistereherzu-
fest.Kommtdasviel-
leichtvonderLymph-
drainage?
Hallo? Halloo?

Die redet und redet
und redet ...

»Ja, ähhhh ... 'tschuldigung, den letzten Satz hab i jetzt gerade nicht verstanden. Wie war die Frage?«
»Ob das von der Lymphdrainage kommen kann.«
»Ähhhh ... Wie meinen S' das jetzt?«
»Na so, wie ich's gesagt hab!«
»Ach so ... dann: eigentlich nicht. Nur in Sonderfällen.«
»Und die wären?«
»VERDAMMT! Jetzt fragt die auch noch nach!«
»Das kann man nicht so pauschal sagen ...«
»Hmm ... Naja, auf jeden Fall hat er sich verändert.«
»Ihr Mann?«
»Haben Sie mir überhaupt zugehört?«
»Ja, schon. Ich hab halt gemeint, Sie hätten das Thema schon wieder gewechselt. Au-

ßerdem versteh ich nicht alles, was Sie sagen. Ich hör schlecht.«
Das stimmte sogar, und es zog immer.
Ein einziges medizinisches Stichwort reichte auch gewöhnlich, damit ältere Menschen sofort weiter über die eigene Gesundheit referierten.
Nun war eben Frau Aigners Gehör dran.
Hauptsache, er musste nicht zugeben, nicht zu-gehört zu haben.
Als der Arbeitstag endlich vorbei und der Fußmarsch zum Auto geschafft war, bemerkte er ohne sichtliche Überraschung, dass Kollege Jens bereits vor ihm Feierabend hatte und dessen Auto Platz für einen Mercedes der S-Klasse mit Berliner Kennzeichen gemacht hatte. Einfach einsteigen? Fehlanzeige. Selbst wenn die eigene Körperfülle nicht seit Jahren zugenommen hätte, wäre er da nicht so einfach hineingekommen.
»Warum macht eigentlich keiner Autos mit Schiebe-Fahrertür?«
Der weitere Abend verlief weitestgehend unspektakulär.
Die Ereignisse dieser Woche am Arbeitsplatz und in Bad Füssing reichten aber auch für die nächsten paar Jahre.
Das Leben konnte nun ruhig wieder etwas langweiliger werden.

Langeweile gehörte sowieso zu den am meisten unterschätzten Dingen im Leben.
Deshalb entschloss er sich, zusammen mit seiner Frau einen Film deutscher Produktion anzusehen, der in Cornwall spielte. Quasi die cineastisch personifizierte Langeweile. Hatte man einen dieser Filme gesehen, hatte man alle gesehen. Deshalb war es auch von keiner weiteren Bedeutung, wenn man einschlief. Man konnte jederzeit wieder einsteigen. Nur um sich von Neuem darüber zu ärgern, dass deutsche Schauspieler englische Namen bekamen.
Wobei man schon zugeben musste, dass diese britischen Anwesen und Schlösser etwas Reizvolles hatten.
Bis zum nächsten Einschlafen konnte dies schon als Zeitvertreib dienen.
Am nächsten Tag sollte er sich nicht einmal mehr daran erinnern, wie er vom Sofa ins Bett gekommen war. Oder ob er noch die Zähne geputzt hatte. Wahrscheinlich eher nicht, denn am Morgen hatte er einen Geschmack von totem Hund im Mund. Von totem Hund, der schon sehr lange tot war, um genau zu sein.
Doch diese Umstände konnten auch von seiner bekannten »Lederallergie« herrühren.

Wenn er morgens im Bett die Schuhe vom Vortag noch anhatte, hatte er meist tierische Kopfschmerzen. »Lederallergie« also.
So etwas konnte auch den Geschmack im Mund erklären.
Aber in diesem speziellen Fall schien das nicht zuzutreffen. Es gab einfach keine Erinnerung an »mmhh, ich könnte eigentlich noch ein Gläschen Single Malt Whisky trinken« oder an »ob dieser Cabernet Sauvignon wohl schmeckt?«

Kapitel VIII

Am nächsten Tag war im Hotel ein Ausflug geplant, an dem die meisten Patienten teilzunehmen gedachten.
So etwas war gewissermaßen ein zweischneidiges Schwert.
Einerseits konnte die therapeutische Abteilung an solch einem Tag Überstunden abbauen.
Andererseits musste die teils recht weite Anfahrt nur für zwei oder drei Arbeitsstunden in Kauf genommen werden. Was bei den dürftigen Gehältern dieses Wirtschaftszweiges etwas auf das Gemüt drücken konnte.
Auch auf seines.
Doch manchmal schaffte er es eben doch, seine Gefühle zu kontrollieren.
Selten.
Aber heute war es möglich.
Und so sehr er auch meinte, eine komplexe Persönlichkeit zu besitzen, so ehrlich musste er auch einen Umstand einräumen: Wenn das Wetter mitspielte, war er ein ganz anderer Mensch.
Gutes Wetter hellte seine Stimmung merklich auf.
Dazu noch der Vorteil, erst mittags arbeiten zu müssen, und die Aussicht, nach zwei

Stunden für diesen Tag damit durch zu sein.
Fakt war: Er war entspannt.
Ein guter Zeitpunkt also, um nun nach getaner Arbeit ein paar nachmittägliche Trainingseinheiten auf dem Basketballplatz zu absolvieren.
Erneut wurden also die weißen Shorts gegen blaue getauscht, das berufliche T-Shirt gegen ein ärmelloses Bullstrikot und nicht zuletzt die Sandalen gegen Basketballstiefel.

Der Fußmarsch zum Basketballplatz im Kurpark rief ihm wieder in Erinnerung, warum Bad Füssing so beliebt war.
Es war üppig bepflanzt. Mit Bäumen, allerlei Sträuchern und vor allem mit Blumen.
Reichlich Blumen.
Er war sich nicht sicher, ob es unmännlich war oder nicht. Aber er fand Blumen einfach schön.
Und der Umstand, dass von jedem Hotel, an dem er vorbeiging, der Duft von Chlorwasser herüberzog, versetzte ihn in Urlaubsstimmung.
Leichtfüßig und vor sich hin summend »tänzelte« er nun Richtung Kurpark.
Dort wurde er von einer weiteren positiven Überraschung aufgefrischt: Es spiel-

ten bereits drei junge Erwachsene Basketball.
Die kurze Überprüfung ihrer Fähigkeiten ergab »Gegner«. Keine »Opfer«.
Sehr gut.
Sportsgeist geweckt. Vorfreude.
Und … Ball vergessen.
»So ein Mist!«
Der Weg zurück war zu weit. Und die Gefahr zu groß, dass die potentiellen Gegner bei seinem erneuten Erscheinen nicht mehr da waren.
Es gab nur eine Lösung: einfach fragen, ob er mitspielen durfte.
Allerdings konnte er sich so nicht warm spielen. Nicht einwerfen.
Und er wollte auch nicht zum »Opfer« werden.
Aber die Jahre in Verein und Schulmannschaft sollten noch für ein paar Streetballer reichen, die wahrscheinlich nie systematisch trainiert worden waren.
Also joggte er zum Aufwärmen quer über die Wiese Richtung Korbanlage.
Bei näherem Hinsehen erkannte er, dass einer der drei Sportbegeisterten ein Asiate zu sein schien. Die anderen beiden sahen eher nach Abstammung aus dem Ostblock aus.

Ein weiterer Faktor, den er an Bad Füssing mochte. Die vielen Arbeitsplätze zogen Menschen von überall her an.
Multikulti. Genau sein Geschmack.
Facettenreich. Interessant. Es gab ja auch nicht nur eine Sorte Blumen.
Vielfalt war das Mark der Abwechslung.
»Variatio delectat – Abwechslung macht Freude!«
Er wusste nicht mehr, wer das gesagt hatte, aber derjenige hatte recht.
»Hi Jungs! Kann ich mitspielen?«
»Wenn du kannst!«
Sollte das eine Anspielung auf den Ball sein, den er nicht vergessen hatte? Seinen größer werdenden Bauch?
»Ich lass euch auch mal den Ball. Vielleicht.«
Trash Talk[3] die Erste.
Die Mannschaftseinteilung war schnell vollzogen.
Die beiden jungen Männer waren, wie sich herausstellte, russischer Abstammung. Da sie zusammen gekommen waren, spielten sie auch im Team.
Und es schien nicht das erste Mal zu sein.
Sie waren gut eingespielt. Er hatte alle Hände voll zu tun, seinem direkten Gegner hinterherzuhecheln.

---

[3] zur gegenseitigen Ablenkung aufeinander einreden

Immer begleitet von weiteren Nettigkeiten, die die Konzentration stören sollten.
Diese Form der »psychologischen Kriegsführung« war in Schiedsrichterkreisen nicht gerne gesehen, führte sie doch oft zu Handgreiflichkeiten, wenn einer der beiden Kontrahenten sich beleidigt fühlte.
Aber im Streetball, also in Abwesenheit Unparteiischer, war die Sachlage eine andere. Es überwog die »No blood – no foul«-Mentalität.
Im Verlauf dieses Austauschs von gegenseitigen Hohnworten nun war mehr als einmal zu spüren, dass mit den beiden Gegnern nicht zu spaßen war. Ellbogen schienen ihre am besten trainierten Körperteile zu sein.
Wer hätte gedacht, dass seine gute Polsterung auf den Rippen mal von Vorteil wäre? Jede seiner Bemerkungen wurde sofort mit Körpereinsatz unfeiner Art beantwortet. Diese wiederum wurden mit weiteren Verbalattacken vergolten.
Irgendwann nahm das Ganze ein Ausmaß an, das zu entgleisen drohte.
Eine gute Gelegenheit, ein Päuschen zu erbitten. Und die Lage zu entspannen.
»Jungs, ich kann nicht mehr. Machen wir eine Pause. Ich bin ein alter Mann.«
»Wir müssen sowieso los.«

»Gott sei Dank! Bevor ich hier noch Prügel kriege«, dachte er erleichtert.
Nicht, dass er Angst hatte. Oder zumindest nicht direkt.
»Servus! Vielleicht sieht man sich mal wieder.«
»Servus!«
Zumindest in den Höflichkeitsfloskeln hatten sie sich bereits an die bayrische Kommunikationskultur angepasst.
Der eigene Mannschaftskollege radelte bereits zweihundert Meter weiter Richtung Ortskern. In Sachen Höflichkeit gab es da wohl noch etwas Nachholbedarf.
Als er nun den anderen beiden am gegenüberliegenden Ende des Platzes beim Zusammenpacken und Überziehen langer Hosen zusah, bemerkte er eine längliche Tasche.
»Gehen die jetzt angeln, oder wie?«, überlegte er, als es ihm wie ein Blitz durch den Kopf schoss. Das könnte auch eine Gewehrtasche sein.
»Wer geht denn mit einem Gewehr auf den Sportplatz?«
Dies schien nun schon etwas seltsam.
Aber genug Mut, die beiden darauf anzusprechen, hatte er auch nicht.
Was nun?

Sie waren wohl zu Fuß da.
Sollte er sich mal wieder blamieren?
Einen Unschuldigen verfolgen?
Und wenn sie etwas mit den Anschlägen zu tun hätten?
Dann könnte er sie vielleicht mit »vollen Hosen« bekämpfen, mehr auch nicht.
Trotzdem.
»Wenn man wühlt, findet man zuweilen etwas, was man gar nicht finden wollte«, hatte er einst gelesen.
Stimmt. Aber lassen konnte er es auch nicht.

Also würde er sich wohl wieder zum Idioten machen. Oder zum Helden. Der Ausgang schien noch offen.
Er würde ihnen einfach folgen müssen.
Zur Not hatte er ja auch noch sein Handy dabei und konnte die Polizei rufen. Nie wieder würde er diese Rückversicherung irgendwo vergessen.
Die jüngste Situation mit seinem Kollegen hatte ihn dies gelehrt.
Sie schritten nun durch den Park in Richtung Hauptverkehrsstraße.
Er verfolgte die beiden mit ausreichender Distanz, um Zufall und Desinteresse glaubhaft vermitteln zu können.

Die beiden schienen sich aber keine derartigen Gedanken zu machen; sie wirkten weder aufgeregt noch blickten sie sich um.
Ein paar hundert Meter weiter traten sie in einen Treppenabgang zu einem Pub.
Er hatte nicht einmal gewusst, dass sich hier ein Pub befand.

Langsam näherte er sich der Örtlichkeit.
»Der Einzige, der sich hier verdächtig benimmt, bin ich. Was laufe ich hier eigentlich herum?«, kommentierte er gedanklich sein eigenes Verhalten.
Aber da er nun schon so weit gefolgt war, wollte er auch nicht aufgeben.
Er stand jetzt vor der Treppe, die zum Eingang des Pubs führte.
Von außen betrachtet, musste es ein Bild für die Götter sein.
Seine Shorts.
Turnschuhe.
Basketballtrikot.
Und allem voran: Schweißflecken von der Größe Australiens.
»Wenn ich da jetzt reingehe, brauche ich die Polizei nicht wegen den beiden. Dann geht der Barkeeper auf mich los. Da wird's wohl auch ohne mich schon genug müffeln. So verschwitzt, wie ich bin.«

Bevor er in diesem Aufzug eintrat, musste er sich erst einmal mehr Selbstvertrauen zulegen. Die Aufregung überwinden.
Was, wenn die beiden gerade ihr Gewehr klarmachten. Womöglich ein ganzes Restaurant voller Luftgewehr-Terroristen.
Er musste WIRKLICH aufhören, amerikanische Agentenserien zu schauen.
Trotzdem.
Unwohl war ihm.
Dann hatte er eine zündende Idee.
Er würde einfach bereits die Notrufnummer der Polizei wählen. Sodass er im Falle eines Falles nur noch auf das »Abheben«- Symbol tippen müsste. Sicher war sicher.
112?
110?
911?
Potzblitz!
Jetzt war er sich nicht mal sicher.
Kleine Tendenz zu 110. Er würde es damit versuchen.
Mit einem Finger auf dem grünen Hörer-Symbol trat er durch die Eingangstür.
Halb gebückt.
Zögerlich.
Als ihm klar wurde, wie verrückt das aussehen musste, richtete er sich schlagartig auf und sah sich um.

»Hoffentlich hat mich keiner gesehen. Mann, bin ich bescheuert!«, musste er sich eingestehen.

Im hinteren Bereich des Hauptraumes befand sich ein Billardtisch und ein paar Bistro-Sitzgruppen. Dort standen die beiden vermeintlichen Straftäter.
Während er so tat, als würde er am Zigarettenautomaten nach einer bestimmten Marke suchen, linste er zu den beiden hinüber.
Sie waren gerade dabei, langsam den Reißverschluss der länglichen Tasche zu öffnen.
Dies löste bei ihm ein enormes Spannungsgefühl aus.
»Jetzt mach halt endlich auf!«
Sein Herz schlug ihm bis zum Hals. Wenn jetzt einer eine Brotzeittüte zum Platzen brächte, würde er wahrscheinlich tot umfallen.
Der erste Mensch auf Erden, der von einem schussähnlichen Geräusch getötet würde.
Der Reißverschluss war offen, gleich würden sie das vermeintliche Gewehr herausholen.
Geradezu in Zeitlupe lief die Bewegung vor ihm ab.
Plötzlich hörte er laut: »Polizei. Sie haben die Notrufnummer 110 gewählt. Hallo?«

»Was? Wieso?«
Es dauerte ein paar Sekunden, bis er realisierte, was passiert war.
Er hatte vor lauter Anspannung den Abheben-Button seines Handys zweimal gedrückt. Wählen und Freisprechen also.
Er versuchte, schnell auszuschalten, aber er musste dazu den roten Hörer in irgendeine Richtung ziehen. In der Aufregung glitt ihm das Telefon aus der Hand und zerbarst in mehrere Teile. Kein Notruf mehr möglich, aber wenigstens war der verfrühte Anruf bei der Polizei unterbunden.
Wegen der lauten Musik im Raum hatte nur der Barkeeper seinen Fauxpas bemerkt.
»Das nenne ich süchtig. Schon länger keine geraucht, was?«
»Wie? Ach so, ja. Nein. Eigentlich rauche ich gar nicht.«
»Okay. Alles klar.«
Als sein Blick zu den anderen beiden hinüberwanderte, erwartete er zwei bewaffnete Schurken, die ihn ins Visier nahmen.
Einer zog gerade ein …
»Oh Mann!«
… Queue aus der Tasche.
Sie waren zum Billardspielen da.
Da stand er nun.
Inmitten seines zerlegten Handys.

In seinen Sportsachen.
Zitternd wie ein Alkoholiker auf Entzug.
Genau genommen hätte ein Alkoholdelirium auch seine Fantasie erklärt.
»Was bin ich nur für ein Depp! Ständig steigere ich mich in solche Sachen rein!«
Was hatte er sich nur gedacht?
Er drehte sich um und ging zur Tür.
Einen Gruß brachte er nicht mehr heraus.
Das Kopfnicken musste dem Wirt reichen.

Als er den Rückweg zu seinem Auto antrat, kam ihm die Peinlichkeit dieser Aktion so richtig in den Sinn.
Er erinnerte sich daran, vor einem Jahr auf seinem Sofa gesessen zu haben. Um genau zu sein, auch auf seinem Telefon. Als er damals aufstand, sah er, dass eine Verbindung aktiv war. Er hatte auch damals die 110 gewählt.
Und erst nicht geglaubt, dass wirklich die Polizei am Apparat war.
Das war bereits peinlich.
Aber heute hatte er wohl dem Fass den Boden ausgeschlagen. Als er zu Hause ankam, konnte er sich an die Fahrt nicht mehr erinnern.
Wie ferngesteuert hatte er auch den Abend verbracht.

Und niemand davon erzählt.
Nicht einmal seinem Schatz.
Viel zu peinlich!

Der folgende Tag sollte genau wie auch die darauffolgenden Wochen einfach so vor sich hin plätschern.
Jens fügte sich in den Arbeitsalltag ein, wenngleich er sich auch als eklatanter Schwätzer erwies, der zwar zu allem eine fachliche Meinung hatte, welche aber meistens aufgrund mangelnder Kompetenz einfach nur falsch war.
Beschwerden über seine Therapien gab es auch ab und zu, aber eben nicht auf einem Niveau, das zu weiterführenden »Marine-Maßnahmen« wie »anhupen« oder »Schuss vor den Bug« Anlass gab. Auch die polizeilichen Maßnahmen ebbten immer weiter ab.
Zunächst waren noch verstärkt Polizeistreifen sichtbar.
Diese Maßnahme war eigentlich nicht mehr als eine Werbemaßnahme. Denn die Boulevardpresse hatte die Vorfälle so sehr thematisiert, dass tatsächlich die Gästezahlen zurückgegangen waren. Eine verstärkte Präsenz uniformierter Staatsbediensteter konnte da natürlich sehr beruhigend wirken.

Aber es gab auch Indizien, dass ernsthaft etwas unternommen wurde. Es gab im ganzen Ort immer wieder Menschen unter 40 zu sehen, die frei von körperlichen Gebrechen spazieren gingen. Scheinbar einem Walkman lauschend, aber in Wirklichkeit über Funk mit anderen zivilen Ermittlern verbunden.

Selbst der oberbayrische Kriminalbeamte zog nach ein paar Tagen ab, ohne ein weiteres Gespräch mit seinem »Verdächtigen« zu führen, obwohl dieser bei jeder Anfahrt ins Hotel damit gerechnet hatte, angesprochen zu werden. Einzig der Aufenthaltsort zum Tatzeitpunkt wurde abgefragt und überprüft. Aber da er jeweils bei seiner Frau zu Hause war, gab es auch von Seiten der Polizei keine Zweifel daran. Man musste wohl einsehen, dass die gegenseitige Abneigung nicht an einer Straftat festzumachen war, sondern an der simplen Rivalität zwischen Ober- und Niederbayern.

Selbst die Presse schien sich für das Thema nicht weiter zu ereifern. Die Sexismus-Thematik eines Münchner Politikers hatte stattdessen seit ein paar Tagen die bunten Käseblätter dominiert – mit dem positiven Aspekt, dass über Bad Füssing keine weiteren Mutmaßungen mehr veröffentlicht wurden.

Mittlerweile sprach man nur noch vom »Dumme-Jungen-Streich«, der schlimme Folgen hatte. Der zu recht heftigen, doch reversiblen Verletzungen geführt hatte.
Das war wohl einer der vielen Unterschiede zwischen den USA und Deutschland. Wäre so etwas dort passiert, dann hätte eine neue Anti-Waffenlobby-Debatte begonnen. »Nicht Waffen töten Menschen. Menschen töten Menschen!«, wäre dann über die Medien gekontert worden.
Aber nicht so in Bayern. Hier sprach man von ein paar Halbstarken, die zu viel Zeit, zu viel Taschengeld und zu wenig Erziehung genossen hatten.
Auch als er selbst noch mal darüber nachdachte, war er davon überzeugt, dass es so sein konnte. Hatte er doch selbst als Jugendlicher einigen Unfug begangen.
Wenngleich zu seiner Zeit eine Steinschleuder die schlimmste Waffe im Arsenal Halbstarker dargestellt hatte.
Man trat auch niemanden, der schon am Boden lag. Der Schwitzkasten war hierbei das Mittel der Wahl.
Die Verletzung des Egos war der gravierendste Schaden, den man dabei erleiden konnte. Aber die Welt hatte sich verändert. Unmerklich. Auch in Bayern.

Kapitel IX

Oktober 2014

Rot oder schwarz?
Die Frage aller Fragen!
Der falsche Draht würde den Tod vieler bedeuten.
Nicht zuletzt den eigenen.
Die verheerende Wirkung von C4 machte diesen Sprengstoff zum Lieblingsspielzeug von Militärs und Pyrotechnikern.
Und die Zeit drängte.
Gnadenlos zählte die Uhr herunter.

7 – Piep.

Rot oder schwarz?
Der Kampfmittelräumdienst würde nicht mehr rechtzeitig auftauchen.

6 – Piep.

Rot schien mit der Zeitschaltuhr verbunden zu sein.

5 – Piep.

Denk! Denk! Denk!

4 – Piep.

Das Leben soll ja in solch einem Moment vor dem symbolischen Auge vorbeiziehen.

3 – Piep.

Nichts! Nicht mal Langeweile. Wo waren all die Erinnerungen?

2 – Piep.

Rot! Er war sicher. Rot galt es durchzuschneiden.

1 – Piep.

»Mach halt dann endlich den Wecker aus!«

Ihm war, als hätte jemand aus einer anderen Dimension zu ihm gesprochen. Langsam fand er den Weg zurück in die Realität.
»Was?«
»DER WECKER!«
»Ach so.«
Er hatte mal wieder geträumt.
Und: Ja, er musste dringend auf die Toilette. Es wäre im Allgemeinen schon viel angenehmer gewesen aufzuwachen, die Toilette

aufzusuchen und dann einfach weiterzuschlafen.
Aber sein Unterbewusstsein entschied sich meist für einen Albtraum, in den sämtliche Umgebungsgeräusche und Tagesereignisse eingeflochten wurden.
Dieses Ergebnis war des Öfteren verstörend.
Und führte regelmäßig zu morgendlichen emotionalen Erschöpfungszuständen.
Nach einer Tasse Kaffee wurde ihm die Grundlage für den heutigen Traum bewusst.
Heute war einer der unangenehmsten Tage eines jeden Jahres.
Saisonabschluss.

Gegen Ende einer jeden Saison bemühten sich dankbare Arbeitgeber, ihrem Personal ein Stück vom Gewinn zurückzugeben. In wenigen Betrieben erfolgte dies über das sogenannte »Weihnachtsgeld«. Die allermeisten Einrichtungen jedoch konnten sich dies nicht mehr leisten – Gesundheitsreform sei Dank – und kompensierten dies durch ein mehr oder weniger üppiges gemeinsames Abendessen. Seine Chefin war diesbezüglich äußerst spendabel. Man traf sich jedes Jahr in einem absoluten Nobelrestaurant in Bad Füssing

und erfuhr Gaumengenüsse ganz besonderer Natur.
So bescherte einem dieser Umstand einen »wundervollen« Abend im Kreis von Menschen, mit denen man in manchen Fällen eigentlich nur geschäftlich zu tun haben wollte. Unter den Augen der Chefin, die wohl hinterher wieder über das Betriebsklima philosophieren wollte.
Die ganze Saison tickte wie eine Zeitschaltuhr herunter, bis zu jenem Abend.
Und schon waren die Gedanken wieder im negativen Bereich …
»Positiv bleiben!«
Ob es wohl jemals möglich werden würde, aus einem »Das Glas ist halb leer«-Typ einen »halb voll«-Typ zu machen?
Und welche Hoffnung gab es dann für ihn selbst – als bekennenden »Das Glas ist leer und wird nie wieder voll«-Typ?
Zugegeben:
Die Abschlussfeier war nicht gerade der geeignete Zeitpunkt, eine positive Grundhaltung zu erwarten, war er doch kein Freund solcher Geselligkeiten. Andererseits gab es dadurch Gelegenheit, sich zu üben.
Den Tag über Kraft zu sammeln und positive Energie aufzusaugen, wo immer möglich.

Letztlich gab es ja auch einen positiven Gedanken:
Würde er den ganzen Tag über nichts essen – kein Frühstück, kein Mittagessen, keine »Unterzucker-Vergeltungsschläge« – dann würde er des Abends locker zwei bis drei Hauptgerichte bestellen können.
Wenn schon kein Weihnachtsgeld mehr möglich war, dann galt es, mindestens hundert Euro in Fettpolster anzulegen.
Allerdings wirkte sich diese Strategie nachteilig auf die Psychohygiene aus. Ein hungriger Papa war nun mal auch ein unleidliches Exemplar seiner Spezies.
Doch auch dieses familiäre Konfliktpotential konnte an diesem Tag umschifft werden.
Seine Frau hatte bereits große Erfahrung darin, alle anwesenden Familienmitglieder so zu beschäftigen, dass es zu keinen Auseinandersetzungen kam, trotz hungrigem Vater und Kindern, die durch die ungewohnte Präsenz beider Elternteile an Aktivität gewonnen hatten.

Nun war es so weit.

Abend.
Anzug und Krawatte, gestyltes Haar und hungriges Bauchgefühl – so lenkte er seinen

Toyota auf den Parkplatz des bayrischen Restaurants, in dem es jedes Jahr die Gewinnspanne der Chefin zu schmälern galt.
Bei den Preisen auf diesem gastronomischen Niveau sollte auch eine ordentliche Zeche möglich sein.
Solche Abende glichen gewissermaßen einem wahren Minenfeld.
Die erste Mine war bereits am Parkplatz vergraben.
Hierbei bestand Gefahr darin, bereits vor dem Restaurant der Arbeitgeberin zu begegnen.
Raum für Vier-Augen-Gespräche konnte nämlich den Appetit verderben, was sich schlecht auf den Eat-as-much-as-you-can-Vorsatz auswirken würde.

Als er gefahrlos den Parkplatz hinter sich ließ, erwartete ihn das nächste Minenfeld: die Sitzplatzwahl.
Jeder Stuhl im Gastraum »zündete« eine andere Reaktion.
Neben der Chefin zu sitzen, wirkte sich hemmend auf den natürlichen Gesprächsfluss aus. Andererseits wurde man dort nicht von Kollegen mit Betriebsproblemen belastet, weil die Chefin ja eventuell mithören würde.

Trotzdem: Dieser Platz musste auf jeden Fall vermieden werden. Neben den Kollegen der therapeutischen Abteilung zu sitzen, konnte hingegen dazu führen, dass sich Gespräche um Patienten oder fachspezifische Themen zu drehen begannen.
Nichts konnte den Appetit mehr reduzieren als ein Gespräch über die körperlichen Gebrechen mancher Patienten.
Wobei es einen bestimmten Punkt im Leben eines jeden zu geben schien, wo solche Gesprächsthemen in den Focus der eigenen Existenz rückten. Aber wohl eher erst über dem fünfzigsten Lebensjahr.
Dann gab es noch eine Mine mit etwas »verzögerter Wirkung«.
Diese war neben dem kooperierenden Orthopäden vergraben.
Bei ihm handelte es sich nämlich um einen ganz besondere Vertreter der »Götter in Weiß«. Eigentlich bereits im Rentenalter hatte er noch vor Kurzem seine Praxis komplett renoviert. Er dachte anscheinend nicht an den Ruhestand. Darüber hinaus wirkte er seit Jahren über die Maßen an eigenem Status und Geld interessiert bei gleichzeitig schockierendem Desinteresse gegenüber dem Wohlbefinden anderer Menschen.

Die »verzögerte Wirkung« ergab sich nun daraus, dass er, wenn er neben diesem Arzt Platz nehmen würde, mit diesen Attributen konfrontiert würde. Wie ein Schnellkochtopf würde das im Laufe der folgenden Wochen hochkochen und irgendwann den »Topf« zum Explodieren bringen. Im schlimmsten Fall in einer Konfrontation unter vier Augen, die nachhaltig das gegenseitige Verhältnis zu beeinträchtigen drohte. Diese Mine musste also definitiv vermieden werden.
Die Plätze neben den Fangohilfen hingegen waren normalerweise vom Kampfmittelräumdienst überprüft worden. Nun wurde auch der Inhalt des letzten Albtraumes nachvollziehbar …
Hilfskräfte wie Fangohilfen, Angestellte der Terminplanung oder Putzfrauen identifizierten sich meist nicht zu sehr mit ihrer Berufsausübung. Gleichzeitig hatten sie kaum Statusdenken und kein Interesse daran, jemand zu beeindrucken.
All das machte sie zu den sympathischsten Tischnachbarn.
Damit stand fest, wo es zu sitzen galt.
Mit diesem klaren Ziel vor Augen schritt er nun durch den Eingang, vorbei an der Garderobe, dem Lärm der Unterhaltungen ei-

ner großen Gruppe folgend, in den hinteren Teil des Gastraumes.
Im Bruchteil einer Sekunde wurde das ganze Dilemma sichtbar.

Zwei freie Plätze. Einer direkt zwischen seiner Chefin und einem der Ärzte.
Der zweite am Tisch der Fangodamen. Nur saß an diesem Tisch auch Jens. Und amüsierte sich prächtig. Mit lauter Stimme gab er gerade einen Schwank aus seiner Jugend zum Besten.
Na toll.
Es galt, sich schnell zu entscheiden.
Zögerlich vor zwei leeren Plätzen an der Tafel herumzustehen, wirkte genau so, wie es war: als wollte er keinen der beiden Plätze.
Pest oder Cholera?
Erschießen oder Erhängen?
Sein Unterbewusstsein neigte zu Dramatisierungen.
Was sagte das Bauchgefühl? Hunger!
Nicht wirklich hilfreich also.
Nein, da war noch eine weitere Gefühlslage, die deutlich Richtung Kreszenz zeigte.
Also auf an den Fangotisch mit schwäbischer Dominanz.
Außerdem gab es einen Faktor, der die Beurteilung der Sachlage gravierend veränderte.

»Saisonabschluss« bedeutete auch, dass alles Saisonpersonal in den Regierungsapparat der Arbeitsagenturen entlassen wurde.
Jens würde also seinen letzten Abend in seinem Personalstamm verbringen.
Bei diesem Gedanken konnte er dem nervigen Untergebenen eine gewisse Vorfreude abgewinnen.

Als er neben seinen Kollegen Platz genommen hatte, beschloss er, erst einmal den Inhalt der bestehenden Unterhaltung herauszufinden.
Dazu reichte meist ein beiläufiges Mithören. Also konnte er nebenbei die Speisekarte studieren. Schließlich galt es, die teuersten Gerichte herauszufinden. Nicht, dass noch das Ziel der Preismaximierung verloren ging.
Aha.
Man sprach über die jüngsten Kriminalfälle.
Der Schock angesichts der Ereignisse war bei allen spürbar. Versteckt hinter kleinen scherzhaften Bemerkungen, aber spürbar.
Nur bei einem nicht.
Jens sprach darüber eher mit Bewunderung. Oder spielte die gegenseitige Antipathie bei dessen Beurteilung eine Rolle?

Schwer zu sagen.
Aber wenn eine klassische »Wie kann jemand so etwas machen?«-Aussage mit einem »Die Kurgäste sind aber auch oft nervig!« beantwortet wird, dann stimmte etwas gar nicht.
Aber noch war es nicht Zeit, sich einzumischen.
Erst musste bestellt werden.
Kalbsbries mit Maronen, Bachsaibling in Weißweinsauce, Schweinshaxe.
Alles schön hochpreisig. Haubenküche sei Dank. Am besten genau in dieser Reihenfolge. Eine schöne Flasche Wein dazu und schon wären die ersten hundert Euro weg.
Passt!
Was drang da jetzt an sein Ohr?
»Das ist kein Anschlag – das ist Sterbehilfe! Wird bestimmt sowieso bald erlaubt sein. Haha.«
Schon wieder dieser unpassende Sterbehilfe-Witz.
Es lachte auch keiner. Nicht mal Kreszenz, obwohl sie einfach immer lachte.

Eigentlich hatte er ja vor, sich jetzt am letzten Abend nicht mehr mit Jens zu streiten.
Aber erstens kommt es anders und zweitens als man denkt.

»Jens, das war beim ersten Mal schon nicht witzig!«
»Ja klar, war ja auch kein Witz von dir!«
»Stimmt, weil es einfach Dinge gibt, über die man keine Witze macht.«
Betretenes Schweigen. Nicht von der Voller-Mund-spricht-nicht-Sorte, sondern Einer-hat-den-Mund-zu-voll-genommen-Sorte.
Und das war auch besser, bevor die Feierlichkeit in offenen Streit ausartete.
Die Situation wollte sich auch den ganzen Abend über nicht mehr so recht entspannen.
Selbst wenn es zu Gedankenaustausch zwischen Jens und ihm kam, blickte dieser ihm nie wirklich in die Augen.
Menschen, die einem nicht in die Augen sehen können, haben entweder etwas zu verbergen oder sind einfach nur unaufrichtig.
Bei Jens hatte er dieses Gefühl schon öfter gehabt. Doch nun fühlte er dies besonders intensiv.
Auch im weiteren Verlauf des Abends zeigte sich keine Besserung.
Sollte Jens wirklich mal einen Beitrag zum Tischgespräch liefern, so war dieser von einer beleidigten, fast schon passiv aggressiven Art.
Was ihn direkt unheimlich erscheinen ließ.

Gegen Ende des Abends kam es dann zu den obligatorischen Geschenken von der Chefin.
Dieses Jahr gab es nicht nur eine Flasche Wein, sondern einen Geschenkkorb.
Darin waren allerlei Leckereien eines Biolebensmittel-Versandes.
Wein, Honig, Marmeladen, Salami und Öle.
Erstaunlich üppig im Vergleich zu den letzten Jahren.
Bei jedem Angestellten wurde sich höflich bedankt und ausgedrückt, dass man hoffe, auch in der nächsten Saison wieder zusammenarbeiten zu können.
Außer bei Jens.
Auch das Verhältnis zwischen Arbeitgeberin und Arbeitnehmer schien vorbelastet zu sein.
Er konnte sich tatsächlich auch an einige Gespräche mit der Chefin über Patientenbeschwerden zur Person Jens erinnern. Diese waren aber nie so konkret, dass eine Abmahnung gefolgt wäre.
Doch eine Wiederanstellung in der neuen Saison schien sehr unwahrscheinlich.
Irgendwie schien jeder Jens aus dem Weg zu gehen.
Dies fiel ihm bei dieser Gelegenheit zum ersten Mal auf.

Anscheinend hatte er nicht als Einziger eine gepflegte Antipathie gegen Jens zu unterdrücken.
Irgendwie tat er ihm jetzt auch wieder leid.
»Wie man sich wohl fühlt, wenn einen keiner mag«, ging es ihm durch den Kopf.
»Was baut einen dann auf, wenn man sich nicht gut fühlt? Was motiviert einen überhaupt, so einen Beruf auszuüben, wenn man selbst andere Menschen gar nicht mag?«
Er würde es wohl nie verstehen.
Jetzt galt es nur noch, seinen Geschenkkorb zu nehmen und nach Hause zu fahren.
Ein weiteres unangenehmes Ereignis abgearbeitet. Als er das Restaurant verließ und an sein Auto herantrat, sah er Jens gerade in seinem vollgepackten Kofferraum herumkramen. Anscheinend versuchte er, seinen Geschenkkorb unterzubringen.
Dabei fiel ihm auf, dass dieser einige längliche Taschen an seinen Wagen gelehnt hatte. Solche, die man für Gewehre benutzt.
Gewehre …
Schlagartig waren die Gedanken wieder da. Alles begann, sich zu einem sinnvollen Konstrukt zu verbinden.
Gewehre.
Schwieriges Sozialverhalten.

Abneigung gegen andere Menschen, insbesondere gegen Kurgäste.
Auch die anderen Therapeuten mochten ihn nicht besonders – und diese Berufsgruppe zeichnete sich seit jeher durch eine gute Menschenkenntnis aus.
»Spinne ich jetzt, oder könnte er wirklich dieser Verrückte mit dem Luftgewehr sein?«
Dieser Gedanken konnte er sich schlagartig nicht mehr erwehren.
Als sich ihre Blicke trafen, wurde ihm plötzlich klar, dass »schlagartig« wohl eher der falsche Begriff war.
Scheinbar hatte er wirklich seit deutlich mehr als ein paar Sekunden dagestanden und mit offenem Mund und weit aufgerissenen Augen auf das Gepäck seines Gegenübers gestarrt.
Vielleicht war die ganze Flasche Wein auch zu viel und er hatte zu langsam gedacht.
Jedenfalls richtete sich Jens auf und drehte sich zu seinem nun ehemaligen Vorgesetzten um.
Dieser versuchte, sich krampfhaft eine Ausrede für seinen Blick auszudenken, kam aber über das Schließen des Mundes nicht hinaus.
»Was guckst du so blöd?«
»Nichts. Guat Nacht.«

Er stieg schnell in sein Auto und fuhr vom Parkplatz in die nächste Straße und hielt dort wieder an.
In seinem Kopf liefen die Gedanken Amok.
Was sollte er jetzt tun?
Wenn Jens tatsächlich dieser Attentäter wäre!
Sollte er die Polizei anrufen?
Aber mit welchem begründeten Verdacht?
Und wenn die dann einen Alkoholtest machten?
Eine Flasche Wein könnte auch ins Gewicht fallen.
Während er mit seinen Pros und Kontras auf Tuchfühlung ging, sah er plötzlich Jens mit einer seiner Taschen die Straße entlanggehen. Schleichen war wohl der bessere Begriff.
Nun gut. Damit war der Verdacht groß genug.
Alkoholtest hin oder her. Er musste die Polizei informieren.
Die werden dafür bezahlt, auch mal in eine Tasche zu schauen.
Und wahnsinnige Luftgewehrschützen gehörten eher zu ihren »Kunden« als zu seinen.
Als er sein Handy gefunden hatte, stand er vor einem Problem: Zu Hause hatte er den

leeren Akku noch laden wollen. Aber das Handy hatte sich bereits ausgeschaltet. Und war nun nicht mehr einzuschalten.
Er hatte mit Mobiltelefonen einfach kein Glück.
Ruckartig schaute er sich um. Erst rechts. Dann links.
»Immer das Gleiche mit der Polizei; wenn man sie braucht, ist sie nicht da!«
Es gab nur eine Möglichkeit. Er musste ihm selbst hinterher. Und sehen, ob er unterwegs noch eine Polizeistreife fand.
Die Überwindung war enorm.
Eigentlich wollte er sich nie wieder auf so etwas einlassen. Nie wieder dermaßen zum Affen machen.
Aber er konnte nicht anders.

Und er wusste, wie er sich zu verhalten hatte. Amerikanische Fernsehserien waren eine ideale Quelle für die verschiedensten Verfolgungstechniken.
Wobei ihn dieses Wissen kürzlich im Stich gelassen hatte.
Zunächst galt es, ausreichend Distanz aufzubauen, ohne den Sichtkontakt zu verlieren.
Aus Gründen der Energieersparnis wurde in vielen Städten die Straßenbeleuchtung reduziert. Nicht so in Bad Füssing.

Alles schien gut ausgeleuchtet und damit war es leicht, jemandem zu folgen.
Andererseits wurde man als Verfolgender auch schneller entdeckt.
Wie so oft im Leben hielten sich also Vor- und Nachteile in etwa die Waage.
Jens ging schnellen Schrittes Richtung Zentrum.
Am heutigen Abend bedeutete das: Richtung »Saisonabschluss-Fest des Kurortes«.

Jedes Jahr wurde Bad Füssing zu einem kleinen Rio de Janeiro.
Auf bayrisch natürlich.
Die Gemeinde richtete ein recht beeindruckendes Spektakel aus.
Alle Bäume wurden nachts von unten in den kreativsten Farben beleuchtet. Dazwischen liefen Clowns, Stelzengeher und Kurgäste umher und erwarteten das große Feuerwerk.
Eigentlich ein wunderbares Ereignis. Bunte Bäume sind toll und das nicht nur für Kinder.
Wenn man nicht gerade dabei ist, einen Kollegen zu verfolgen, den man für einen abartigen Gewaltverbrecher hält.
Als sie sich den Feierlichkeiten näherten, bemerkte er, dass dort die Beleuchtung ab-

geschaltet worden war. Wahrscheinlich um das anstehende Feuerwerk noch mehr zu betonen.
Leider mit dem Ergebnis, dass sich viele dunkle Nischen ergeben hatten.
Die romantische Atmosphäre, die nicht nur von Kurgästen und deren -schatten geschätzt wurde, hatte in seiner Situation eine völlig andere Wirkung.
Unheimlich, bedrohlich.
Er merkte, wie sich seine Nackenhaare um einen Stehplatz zu raufen schienen.
Mit wackeligen Knien versuchte er, möglichst unauffällig zu wirken.
Und am besten die skurrilen Gestalten, die zur Belustigung engagiert waren, zu ignorieren.
Was war an Clowns wohl lustig? Nichts, fand er. Obwohl er den Film »ES« nie gesehen hatte, wusste er sehr genau, dass Clowns auch furchteinflößend sein konnten.

Jens marschierte zügig auf die vierte Therme zu. Da sie sich jetzt von den Feierlichkeiten wieder entfernt hatten, lag zwischen ihnen momentan nur ein leerer Platz und eine Straße.
Er brauchte mehr Abstand.

Deshalb ging er immer langsamer.
Nur um dann auf eine Patientin zu treffen.
Mist!
Und wie hieß sie noch gleich?
»Guten Abend! Na, verbringen Sie sogar Ihre Freizeit hier in Bad Füssing?«
»Äh, ja. Also wir hatten gerade die betriebliche Saisonabschlussfeier. Und jetzt mache ich einen kleinen Spaziergang.«
»Wissen Sie, ich wollte sowieso nochmal mit Ihnen über meine Verdauung sprechen.«
Dies galt es tunlichst zu vermeiden. Er hatte beim letzten Gespräch einfach nicht richtig aufgepasst und sich schon des Desinteresses verdächtig gemacht. Dieser Verdacht durfte sich nicht weiter erhärten.
»Sehen Sie, ich bin gerade ziemlich in Eile. Könnten wir da nicht bei der nächsten Behandlung weiterreden?«
»Ja, geht natürlich auch. Also schönen Abend noch.«
»Ihnen auch, nix für ungut.«
Durch das Gespräch hatte er leider Jens aus den Augen verloren.
Vorher war er Richtung Therme unterwegs. Da es keinen ersichtlichen Grund für einen Richtungswechsel gab, würde er genau dorthin folgen.

Zeitgefühl war nie seine Stärke gewesen.
Vor allem nicht, wenn das Herz bis zum Hals schlug, die Gedanken im Kopf Autoscooter fuhren und er, um eine alte Metapher zu bemühen, die Hosen bis zum Anschlag voll hatte.
Da er also den Vorsprung nicht genau abschätzen konnte, joggte er los. Vorbei am neu gestalteten Eingang des Bades.
Sich immer wieder umblickend, bekam er langsam Angst, ihn verloren zu haben.
Als er an das Gebäudeende kam, bog er schnellen Schrittes um die Ecke und kollidierte bei voller Geschwindigkeit mit Jens.
Beide fielen, vom unvorhergesehenen Zusammenstoß überrascht, zu Boden.
»Ah, was ist denn da so nass? Bin ich wo reingefallen?«, kommentierte er innerlich das warme Gefühl von Feuchtigkeit am Bein.
Als er allerdings bemerkte, wo es herrührte, ließ er sich beinahe das Abendessen »noch mal durch den Kopf gehen«.
Statt einen Attentäter zu überrennen, hatte er einen Wildpinkler überführt.
Mit der eigenen Hose als Beweismittel.
Nun wünschte er sich, eine zweite Weinflasche getrunken zu haben.

Neben der Hemmschwelle senkte Alkohol auch die Ekelschwelle.

Als er versuchte, mit einem Papiertaschentuch den Urin aus der Hose zu tupfen, bemerkte er neben Jens an der Wand ein Gewehr lehnen. Die offene Tasche davorliegend. Sein Blick wanderte von Jens zum Gewehr, zu Jens, zum Gewehr, zur Hose – EKEL! – zu Jens, zum Gewehr …

Jetzt gab es kein Zurück. Alkohol bekämpfte nicht nur Hemm- und Ekelschwelle, sondern machte auch mutig.

»Herrgott! Was tust denn du mit dem Gewehr?«

»Was geht dich das an? Du bist jetzt nicht mehr mein Chef!«

Reizthema! Er mochte nicht als Chef bezeichnet werden, er war der Vorgesetzte.

»Wenn ich hier Chef wäre, hättest du hier nie gearbeitet. Was du mit dem Gewehr machst, habe ich gefragt.«

Als Jens nun einen Schritt auf ihn zu machte, überwog die eigene Feigheit den alkoholinduzierten Mut.

Gedanke eins: War der schon immer so groß?

Gedanke zwei: Wenn der wirklich der »Schütze von Bad Füssing« ist, ist er auch noch gewaltbereit.

Gedanke drei: Hätte ich nur nichts getrunken ... und die letzten Jahre weniger gegessen und mehr trainiert.
Gedanke vier: Wenn ich nicht so viel denken würde, hätte ich schon lange weglaufen können.

In diesem Moment schubste ihn Jens auch schon.
Neben der gesenkten Hemm- und Ekelschwelle war leider auch der Gleichgewichtssinn reduziert.
»Das hab ich jetzt davon, dass ich immer als Erster gehe. Die anderen sitzen noch bei einem Absacker«, schoss es ihm durch den Kopf.
Schon kam der nächste Schubser.
Woraufhin seine Rückwärtsbewegung von einem hinter ihm befestigten Fahrradständer in einen Rückwärtssalto umgelenkt wurde.
Hinten hatte er nun mal keine Augen.
Das würde wohl eine Beule geben. Und Rückenschmerzen.
Nun machte sich Wut breit.
In seinem Körper steckten noch zwei bis drei Kämpfe für den Rest des Lebens.
Einen musste er wohl nun verbrauchen.
Eigentlich hätte er sie lieber mit ins Grab genommen.

»Könnte wohl auch so werden, wenn der wirklich dieser irre Straftäter ist«, konnte er nicht umhin zu denken.
Also sprang er ihm um den Hals und versuchte, ihn in den Schwitzkasten zu nehmen.
In seiner Generation war der klassische Schwitzkasten die einzige Antwort auf körperliche Gewalt. Auch auf verbale Gewalt, um genau zu sein. Und auf eine Fehlentscheidung von Schiedsrichtern, auf eine »6«, weil der Nachbar abgeschrieben hatte … Genau genommen also auf jeden zwischenmenschlichen Konflikt vor 1990. Damals war die Welt wohl noch in Ordnung gewesen.
Nur das, was jetzt dabei herauskam, war eher kein Schwitzkasten.
Zwei untrainierte, von der Anstrengung ächzende Dickwänste versuchten, den jeweils anderen zu Fall zu bringen.
Von außen wirkte es wie zwei Braunbären beim Liebesspiel.
Hätte sich das Ganze am Strand abgespielt, würden Greenpeaceaktivisten wohl versuchen, sie ins Meer zu rollen.
Es war unglaublich, wie schnell man schwitzen konnte.
Nach zwei Minuten »bayrischen Sumoringkampfes« konnte man eine deutliche Ver-

langsamung der Bewegungen beider Männer wahrnehmen.
Jeder schien froh zu sein, dass der andere auch nicht mehr konnte.
Die Geräuschkulisse erinnerte ihn kurzzeitig an einen Lehrfilm aus seiner Ausbildung über Asthmaanfälle.
Bei Jens baute sich die Wut langsam ab.

Bei seinem ehemaligen Vorgesetzten hingegen wich die Angst der Atemnot.
So oder so, dieser Kampf musste enden.

Kapitel X

Noch nie hatte er sich über zwei Worte so gefreut.
Doch, einmal war seine Freude noch größer gewesen.
Als seine Frau mit einem »Ich will!« auf seine Frage nach dem zukünftigen gemeinsamen Eheleben antwortete.
Doch »Auseinander! Polizei!« rangierte auf jeden Fall unter den Top 3.
Begegnungen mit den uniformierten Ordnungshütern lösten ja oft unterschiedliche Reaktionen aus. Doch da er Hilfe brauchte, war dieses Einschreiten willkommen wie nie zuvor.
Wobei die große Frage war, wo drei Polizisten herkamen. Er hatte sie noch kurz zuvor nirgends gesehen. Und bayrische Polizisten sind keine athletischen Superermittler wie in amerikanischen Fernsehserien. Zumindest eher selten.
Die Beamten begannen sofort, die beiden Raufbolde zu verhören.
»Wem gehört das Softair-Gewehr?«
»Dem Jens. Deshalb bin ich ihm ja hinterher. Nach all den Anschlägen der letzten Zeit, dachte ich ... Was? Softair? Ist das ein Softair-Gewehr?«

»Ja!«
»Aber Softair schießt doch Plastikkugeln … Damit kann man doch keine Anschläge verüben.«
»Wahrscheinlich eher nicht. Aber man darf in der Öffentlichkeit nicht damit herumfuchteln. Das sind Anscheinswaffen. Das ist auch nicht erlaubt!«
Jetzt war er endgültig verwirrt.
Sollte Jens nun doch nicht der gemeine Straftäter sein, sondern nur ein Softair-Fan? Der seinem Hobby zum falschen Zeitpunkt nachging?
Und sollte er dem Herrn Polizisten sagen, dass Jens noch mehr Gewehre im Auto hatte?
Plötzlich kam ihm alles wieder ganz dumm vor.
Was er sich nur immer einbildete.
Hatte etwa Jens sich nur gewehrt, weil ihn jemand beim Urinieren über den Haufen gerannt hatte?
Steckte doch mehr dahinter?
Ein Polizist holte ihn mit der Frage nach seinem Personalausweis aus seinen Gedanken.
Interessant, wie unkompliziert solch ein Ereignis durch die Polizei protokolliert wurde. Die beiden Raufbolde wurden räumlich getrennt und jeder erzählte seine Version, die Personalien wurden angefügt.

Als er fertig war, war Jens bereits gegangen. Nur sein Gewehr blieb im Gewahrsam der Polizei.
»Ja und schauen Sie sich jetzt die Gewehre in seinem Kofferraum nicht an?«
»Welche Gewehre?«
»Mist. Das habe ich jetzt vor lauter Verwirrung ganz vergessen. Vorher habe ich gesehen, dass der mehrere Gewehre im Auto hat. Darum bin ich ihm ja nachgelaufen.«
»Wo steht denn sein Auto?«
»Na, auf'm Parkplatz beim Wirt.«
»Kommen Sie bitte mit dahin.«
Also traten sie den Rückweg an.
So verwirrt er jetzt war: Flankiert von zwei Staatsbediensteten fühlte er sich deutlich sicherer.
Es war surreal.
Das emotionale Chaos der letzten Stunden wich jetzt einer bleiernen Müdigkeit.
Die Lichter und Farben, die Menschen und Stelzengeher, ja sogar die schattigen Nischen und Büsche verloren ihre Bedrohlichkeit.
Es fühlte sich eher wie ein Film an, in dem er selbst nur eine Beobachterrolle einnahm.
Als sie den Parkplatz erreichten, kam es zur filmreifen Wendung.

Jens' Kleinwagen war bereits weg. Genau wie die Autos aller Kollegen.
»Da stand das Fahrzeug?«
»Ja«
»Aha. Sagen Sie mal, wie viel haben Sie eigentlich getrunken?«
»Nicht genug!«
»Hm. Nachdem wir auch keine Gangunsicherheit oder andere Zeichen übermäßigen Alkoholkonsums beobachten konnten, dürfen Sie jetzt gehen.«
Obwohl dem Beamten ein »Fall geschlossen, Feierabend!« im Gesicht stand, musste er einfach trotzdem nachhaken.
»Und die Gewehre im Kofferraum?«
»Da wir keinen Kofferraum haben, haben wir auch keine Gewehre.«
In diesem Satz schwang die Ablehnung einer weiteren Diskussion mit.
Polizisten sind eben auch nur Beamte.
Vielleicht sollte er nun auch endgültig aufhören, sich anderer Leute Köpfe zu zerbrechen.

Also blieb ihm nichts anderes übrig, als tatsächlich nach Hause zu fahren.
Irgendwie unbefriedigend. Aber sein Zuhause war gleichzeitig der einzige Ort, wo er jetzt hin wollte.

In der Dusche erst einmal den Tag abwaschen und die Ereignisse, die er noch zu katalogisieren hatte. Die er bewerten musste. Um sie dann in eine Schublade zu stecken, die es nie wieder zu öffnen galt.
Verdrängen – so nannten das Psychologen.
Zu Hause angekommen sah er, dass kein Licht brannte. Sein Schatz schlief also schon.
Auf Zehenspitzen schlich er in die Dusche und ließ zunächst eine gefühlte Ewigkeit heißes Wasser über seinen Rücken fließen. Er konnte deutlich den Abdruck des Fahrradständers spüren.
Noch viel deutlicher spürte er aber den Abdruck in seinem Ego. Letzteres würde auch eine viel längere Rekonvaleszenz benötigen.
Als er sich umdrehte, um sich die Haare zu waschen, sah er, dass das durch einen Bewegungsmelder gesteuerte Hoflicht durch das Fenster hereinschien.
Da sie der Kinder zuliebe zwei Katzen besaßen, konnte im Hof schon mal etwas Bewegung zu melden sein.
»Schleicht die Fanny wieder draußen herum?«
Wie auf Kommando kam sie genau in diesem Moment durch die angelehnte Tür herein und suchte ihr Katzenklo auf.

Es konnte immer noch die zweite Katze Xaver sein. Nach dem Duschen öffnete er sofort das Fenster, sodass die Luftfeuchtigkeit aus dem Haus entweichen konnte.
Er hatte den Griff des Fensters noch in der Hand, als er ein metallisches Geräusch hörte.
Ein kurzes Scharren.
Das war der Grund, warum er nicht gerne zeltete. Die ständigen Geräusche im Freien machten ihm etwas Angst.
Vielleicht war ein Dasein als Weichei doch nicht so erstrebenswert. Insbesondere wenn durch eine gleichzeitig sehr ausgeprägte Fantasie, genährt durch Krimis, dadurch ein regelrechter Verfolgungswahn zu entstehen schien.
Da!
Schon wieder dieses Geräusch.
Von einer Sekunde auf die andere verdoppelte sich sein Herzschlag.
Tinnitus.
An Einschlafen war jetzt für ein bis zwei Stunden nicht mehr zu denken.
Langsam lehnte er sich aus dem Fenster und spähte hinaus.
Der Hof schien leer.
Gerade als er nach unten sehen wollte, hüpfte Xaver von außen auf das Fensterbrett.

Vom darunter liegenden Gitter aus, das einen Kellerschacht bedeckte.
Er konnte einen Schrei nicht unterdrücken.
Noch so einen Tag würde sein Herz nicht überstehen. Und er musste unbedingt das Kellergitter wieder gerade in die Aussparung setzen. Dann würde es auch keine Geräusche mehr machen, wenn eine Katze darauf zum Sprung ansetzte.
Zitternd stand er da, als die Katze sich an ihn schmiegte. Und wartete, bis er sich wieder bewegen konnte. Das dauerte.
Als er sich nicht mehr sicher war, ob er wegen der Kälte der Nachtluft oder wegen des Schreckes zitterte, schloss er das Fenster und zog seinen Schlafanzug an.
Leise schlich er in sein Bett, kroch unter die Decke und versuchte, den Tag zu vergessen. Nein, zu verdrängen.

Kapitel XI

Mann, was für ein Monat.
Menschen lassen sich wirklich leicht verängstigen.
Aber jetzt ist es hier zu heiß.
Ich ziehe weiter nach Süden.
Vielleicht werde ich in Österreich endlich so behandelt, wie ich es verdient habe.
Alles wird besser.
Mal sehen, wie lange ich deutsches Radio empfangen kann. Sofern dieses Attribut auf diesen bayrischen Nonsens Anwendung finden kann.
Bayern. Wird mir so gar nicht fehlen.
Was war das gerade?
Lauter machen.

»*Auf der Autobahn A3 ist zwischen Ausfahrt Schärding und Pocking ein Geisterfahrer unterwegs. Bitte fahren Sie nicht nebeneinander und überholen Sie nicht. Sobald die Gefahr vorüber ist, geben wir Entwarnung.*«

Geisterfahrer.
Hey, da kommt einer auf mich zu!
Hatten die nicht die andere Richtung genannt?

Die Bayern. Zu dumm, die genaue Richtung anzugeben.
Da! Schon wieder einer.
Was heißt hier EIN Geisterfahrer? MEHRERE!
Und da: ein Lastwagen …

Kapitel XII

Piep – piep – piep – piep.

Oh Mann.
Wieso ist der Wecker an?
Wenigstens war er bereits seit einer halben Stunde wach. Gut geschlafen hatte er auch zuvor nicht.
Deshalb wurde er nicht aus dem Schlaf, sondern aus seinen Gedanken gerissen.
Jetzt musste er erst mal Kaffee trinken.
Nachrichten hören.
Mal sehen, was auf der Welt so los war.
»Ha! Pünktlich eingeschaltet, ohne die nervende Werbung vor den Nachrichten mitanhören zu müssen.«
Was? War das gerade Bad Füssing?
Er drehte das Radio lauter.

»Näheres ist noch nicht bekannt. Aber gestern um 23:10 Uhr kam es zu einem schweren Geisterfahrerunfall auf der Autobahn A3 zwischen Pocking und Schärding.
Der wohl alkoholisierte Falschfahrer prallte frontal in einen Sattelschlepper und kam dabei ums Leben. Der Lenker des Lastwagens wurde nur leicht verletzt. Bei der Untersuchung der Unfallfahrzeuge stellte die

Polizei mehrere Luftgewehre und Softair-Waffen sicher. Es besteht der Verdacht, dass es sich bei dem Fahrer, der nicht aus Bayern stammte, um den ›Schützen von Bad Füssing‹ handelt. Wir halten Sie diesbezüglich weiter auf dem Laufenden.«

»Atmen! Atmen!«
Konnte das sein?
War das vielleicht der Jens?
Oder nur Zufall?
Eigentlich egal, Hauptsache, das Ganze hatte ein Ende.
Eines wusste er aber gewiss:
Nie wieder würde er einem echten Kriminalfall so nahe kommen.
Er würde es nie wieder zulassen.
Und nie wieder, NIE WIEDER, würde er jemanden verfolgen, der ihm verdächtig erschien.
Bewusst ignorierte er das alte Sprichwort »Sag niemals nie!«
Das Radio hatte er wieder ausgestellt und sinnierte nun über das gerade Gehörte nach.

Plötzlich wurde er von einem unangenehmen Geräusch zu Tode erschreckt.
In der morgendlichen Ruhe klang es sehr laut.

Laut genug, um einen Teil seines Morgenkaffees gekonnt auf seinem gesamten Schlafanzug zu verteilen.
Als er die Quelle lokalisierte, war er überrascht. Es war nur die Vibration seines Handys, das er gerade auf seinen Frühstücksteller gelegt hatte. Er hatte eine SMS bekommen.
»Hoffentlich ist nicht wieder ein unangemeldeter Bus angereist und ich soll heute doch arbeiten«, fürchtete er einen Kontaktversuch seiner Chefin.
Er überlegte ernsthaft, ob er nicht einfach das Handy ausschalten sollte, ohne die Nachricht zu lesen.

Pflichtbewusstsein gegen Faulheit.
Die Faulheit scheiterte knapp.
Die Telefonnummer das Absenders hatte er nicht gespeichert.

»tut mir leid wegen gestern abend. ich hatte wohl zu viel getrunken. wollte nur kurz einem kumpel die paintball-waffe zurückbringen. kein stress. hab nen job in schlangenbad. in bad füssing hat es mir nicht gefallen. trotzdem alles gute. ich erstatte keine anzeige wegen gestern. hoffe du auch nicht. jens«

Gerade abgeschickt. Damit war einiges klar. Jens war nicht der Attentäter. Jens war auch nicht bei dem Unfall ums Leben gekommen. Und vielleicht war er doch nicht so unsympathisch, wie er ihn von Anfang an gefunden hatte. Auch wenn er dadurch nur einer Anzeige vorbeugen wollte, hätte er sich nämlich nicht entschuldigen müssen. Und doch hatte er es getan.
Noch etwas wurde ihm jetzt noch klarer, als es schon war: Er hatte sich deutlich dümmer verhalten als zuerst angenommen. Mit all den Verdächtigungen und den Verfolgungen.
Er sah einfach zu viel fern.
Er war Therapeut und kein Polizist.
Wenn er das Ergebnis der letzten Wochen bedachte, war es auch gut so.
In seinen Gedanken wurde er von seiner Großen unterbrochen, die auch schon Hunger hatte.
»Gibt's heut Schokolade aufs Brot?«
Wie süß das klang, wenn sie mit ihrer kindlichen Ausdrucksweise »Schokolade« sagte. Und ja, heute war wirklich ein guter Anlass für Schokolade.

EPILOG

Bad Füssing.

Ein idealer Ort für Entspannung.
Für Therapie.
Für Ärzte, Krankengymnasten und Masseure aus ganz Deutschland.
Manche kommen hierher, um ihr Leben zu verändern.
Oder weil sie Arbeit finden. Andere möchten einfach einen Teil ihres Lebens in Bayern verbringen.
Nachvollziehbar. Es gibt wahrlich schlechtere Lebensräume als den bayrischen Kulturkreis.
Andere verbringen hier ihren Urlaub, eine Kur oder eine Reha-Maßnahme. Auch hierfür bietet Bad Füssing hervorragende Gegebenheiten.
Kulinarische, therapeutische und definitiv kulturelle.
Warum sich unser Straftäter Bad Füssing als Schauplatz seines Wahnsinns aussuchte, werden wir wohl nie erfahren.
Aber dass ein einfacher Therapeut über sich hinauswächst und einen fiesen Straftäter dingfest macht, hatten Sie nicht erwartet, oder doch?

So etwas gibt es nur im Fernsehen.
Ich hoffe, ich konnte Ihnen einen humorvollen Einblick in das Leben eines Therapeuten in Bad Füssing geben. Vielleicht etwas Sympathie für unsere Hauptperson wecken.
Es gibt noch viel von ihm zu erzählen.
Neue Geschichten.
Vielleicht kriminalistische, wer weiß ...
Daher:
Bis zum nächsten »Bad Füssing Krimi«!
Servus!

A. A. Reichelt

Danksagung

Der größte Dank gilt **unserem Schöpfer,** weil ER uns die Fähigkeit gegeben hat, kreativ zu sein. Zu lieben. Freude zu empfinden. Überzeugungen zu haben und dafür einzustehen. Und weil es ohne IHN kein Glück auf Erden gäbe.

Meiner Familie möchte ich besonders danken und mich entschuldigen, weil ich in der heißen Phase weniger Zeit für sie hatte. Ich liebe euch!

Großer Dank gebührt meiner Lektorin **Bianca Weirauch,** weil ich sie mit immer neuen Versionen dieser Geschichte bombardiert habe. Von jeder Örtlichkeit, jeder Person, jedem Handlungsstrang und nicht zuletzt dem Schluss gab es so viele Versionen, dass ich selbst den Überblick verloren hatte. Gut, dass Bianca ihn behalten hat.

Wem möchte ich noch danken?

Michaela Adler, weil sie das Wesen dieser Geschichte so wundervoll in eine ansprechende Schale verpackt hat.

Meinen **Probelesern,** weil sie eine frühe Version des Buches gut fanden, die sich noch sehr holprig anfühlte.

Herrn Lindinger, weil er in der 12. Klasse durch das Thema meiner Deutsch-Facharbeit mein Interesse für klassische Literatur wecken konnte. Es ist übrigens ungebrochen.

Ulrich Wellhöfer, weil meine Romane, beginnend mit diesem Buch, in seinem Verlag ein neues Zuhause fanden.

Ich habe sicher die Erwähnung jemandes vergessen. Beim nächsten Buch mache ich es wieder gut, versprochen!

Renate Klöppel im Wellhöfer Verlag

Stumme Augen

288 Seiten, Euro 9,95

Ein schöner Lebensabschnitt soll beginnen, als Manuel Fechner mit Freundin, Tochter und Kater in Freiburgs beschaulichem Stadtteil Herdern ein altes Häuschen bezieht. Doch die Idylle trügt: Die großen dunklen Flecken im Keller stammen von menschlichem Blut, ein Mann mit schaurigen Tätowierungen wird tot aufgefunden und ein schwerstbehinderter Rollstuhlfahrer stürzt unter rätselhaften Umständen in einen Bach.

Als Manuel Zusammenhänge zwischen den erschreckenden Ereignissen erkennt, gerät er selbst in tödliche Gefahr.

www.wellhoefer-verlag.de

Die Honigspur

von Ralf Kurz

320 Seiten, Euro 11,90

Beim Überfall auf einen Freiburger Juwelier wird eine Kundin vor den Augen ihres Mannes getötet. Kriminalhauptkommissar Bussard wird schnell klar, dass es sich nicht um einen gewöhnlichen Raubmord handelt, die Kundin wurde regelrecht hingerichtet.

Bussard vermutet eine Beziehungstat und ermittelt im privaten Umfeld des Opfers. Dabei stellt sich heraus, dass die Tote offenbar für einen ausländischen Geheimdienst gearbeitet hat. Das BKA übernimmt den Fall und Bussard ist außen vor.

Doch dann geschieht ein zweiter Mord.

www.wellhoefer-verlag.de

Im Schatten der Wahrheit

von Ralf Kurz

320 Seiten, Euro 11,90

Der kauzige Freiburger Kommissar Bussard steht einmal mehr vor einem komplexen Fall. Ein Finanzberater wurde erschossen aufgefunden. Die Liste der Verdächtigen ist lang, der Mangel an Motiven scheint diesmal wenigstens nicht das Problem für den Ermittler zu sein.

Dafür raubt ihm der Anblick eines erfrorenen Mädchens den Schlaf. Bussard glaubt an ein Gewaltverbrechen und muss erkennen: Die tiefsten Abgründe lauern im Schatten der Wahrheit.

www.wellhoefer-verlag.de

Tödlicher Triumph

von Ralf Kurz

320 Seiten, Euro 11,90

Als der Leitende Oberstaatsanwalt entführt wird, ahnen weder Kommissar Bussard noch seine Kollegen, dass ein Serienmörder seine blutige Spur durch den Freiburger Osten ziehen wird. Die Ermittler kennen die Identität des Täters, doch er bleibt unsichtbar und ist den Beamten immer einen Schritt voraus.
In seinem dritten Bussard-Krimi jagt Ralf Kurz den atemlosen Leser von einem Tatort zum nächsten. „Tödlicher Triumph" garantiert Hochspannung von der ersten bis zur letzten Seite!

www.wellhoefer-verlag.de

Kopf oder Zahl

von Ralf Kurz

320 Seiten, Euro 11,90

Der Freiburger Professor Baer wird grausam zugerichtet aufgefunden. Schneller, als es Bussard und seinem Team lieb sein kann, entwickelt der Mordfall eine internationale Brisanz. Unterhielt der undurchsichtige Professor, der seine Freizeit gerne an Pokertischen verbrachte, doch enge Kontakte in den Mittleren Osten. Eine E-Mail-Korrespondenz zu einem iranischen Atomphysiker führt schließlich dazu, dass die international in Verruf geratene National Security Agency (NSA) im beschaulichen Freiburg ihre Aufwartung macht – auf ihre Weise, versteht sich.

Als der brisante Fall an das BKA übergeben wird, erfahren Kommissar Bussard und seine neue Kollegin Anja Hill, dass auch die Telefone und PCs der Freiburger Ermittler von der NSA überwacht werden.

Aus der Ermittlung ausgebootet, macht Bussard den Fall zu seiner eigenen Angelegenheit. Denn längst geht es nicht nur für ihn um viel mehr, als um Schuld und Gerechtigkeit in einem Mordfall.

www.wellhoefer-verlag.de

Breisgauner

Anne Grießer (Hrsg.)

280 Seiten, Euro 11,90

Das liebliche Markgräfler Land, die geheimnisvollen Täler des Schwarzwaldes, die malerischen Städte Freiburg, Emmendingen und Waldkirch – sie alle werden Schauplätze von mörderischen Geschichten. Begleiten Sie 26 bekannte Autorinnen und Autoren auf einer kriminellen Reise durch die Regio. Lesen Sie, wie der Münsterturm über Nacht verschwinden konnte, was es mit einem schlecht riechenden Beifahrer im Höllental auf sich hat, warum ein kopfloser Schimmelreiter in Breitnau sein Unwesen treibt und wie eine harmlose Regiokarte zur tödlichen Falle werden kann.

www.wellhoefer-verlag.de

Die tote Spur

von Anne Grießer

320 Seiten, Euro 11,90

Bei den Freiburger Privatdetektivinnen Myriam D. Schultz und Katrin Hellriegel hängt der Haussegen schief. In der Kasse herrscht Ebbe, die Auftragslage ist miserabel, die Zukunft ungewiss. Da kommt die aufgetakelte Dame, die ihren edlen Greyhound vermisst meldet, gerade recht. Besonders als sie ihr dickes Scheckbuch zückt.
Bei ihren Undercover-Ermittlungen auf dem Renngelände in Waltershofen, wo sich zur Europameisterschaft eine bunte Schar von Hundefreunden eingefunden hat, stechen die Detektivinnen in ein Wespennest: Skurrile Geschäfte, ein dubioser Erpresserbrief, geheimnisvolle nächtliche Begegnungen - und schließlich ein Toter im Bach.

Die jungen Frauen lassen nicht locker und kommen dem fanatischen Mörder so nahe, dass sie selbst in Lebensgefahr geraten.

www.wellhoefer-verlag.de

Wo Menschen schöner morden

von Sybille Zimmermann

224 Seiten, Euro 11,90

Die vielfach ausgezeichnete Autorin Sibylle Zimmermann nimmt Sie mit auf eine kriminelle Tour durch Freiburg und Südbaden. Lernen Sie die typische südbadische Idylle, den Schwarzwald und das beschauliche Freiburg einmal von einer ganz anderen Seite kennen. 18 Kurzkrimis, ob rabenschwarz, schaurig, romantisch oder ergreifend, garantieren packende Spannung von der ersten bis zur letzten Seite. Atmosphärisch dicht und meisterhaft in der Spannung (Badische Zeitung zu „Am Meer"). Ein ergreifendes, sensibles Stück über Gut und Böse, Schuld und Sühne, das lange im Gewissen des Lesers nachhallt (Das Syndikat zu „Kleiner Tod").

www.wellhoefer-verlag.de